Aufgeschrieben für ihre von ihr so sehr geliebten Enkelkinder, von Frau Pastor Emilie Agnes Wolff geb. Marcel. Auf Ihren Wunsch zusammengestellt von ihrer jüngsten Tochter Magdalena Maria Becker geb. Wolff im Jahre 1942 – zehn Jahre nach dem Tode der lieben Mutter.

Im Jahre 1996 von der jüngsten Enkeltochter der Agnes Wolf, der Luise Magdalena Barbara Schmechel geb. Becker, aus der Sütterlin-Schrift in unsere heutige Schrift gebracht und zum Teil mit Maschine aufgeschrieben. Ich als Urenkel möchte sie nun für die folgenden Generationen festhalten und vervielfältigen.

Emilie Agnes Wolff geb. Marcel

Geb.: 10. November 1850

Gest.: 15. Oktober 1932

Magdalena Maria Becker geb. Wolff

Geb.: 1882

Gest.: 14.August 1958

Die Geschichte einer Pfarrersfamilie

aus dem

Knödellande

„O wie liegt so weit was mein einst war!"

Nicht Bayern ist mit dem Knödellande gemeint, wie man wohl annehmen könnte, wenn man an das dortige Lieblingsgericht die "Knödeln" denkt. Es ist vielmehr ein armer, sandiger Teil der Mark, dem die Leute in der reicheren Umgebung diesen Spottnamen gegeben haben. Es wachsen dort noch viele wilde Birnbäume, deren kleine, fast ungenießbare Früchte der Volksmund „Knödeln" nennt.

Es ist ja nicht zu leugnen, dass dieses „Knödelland" in der Kultur etwas zurückgeblieben ist – der Boden schlecht, die Bevölkerung arm die Dörfer weit voneinander liegend, die Wege kaum passierbar, die Eisenbahn meilenweit entfernt. Und doch, wer einmal dort gelebt hat der denkt gern zurück, es ist gut Hütten bauen im Knödellande.

So dachte auch ein junger Pfarrherr, als er nach dreijährigem Bräutigamstande dort eine bescheidene Pfarre erhielt, ein Jahr nach dem glorreichen Kriege (1870/71). Ja er brauchte nicht einmal eine Hütte zu bauen, er fand ein gar stattliches Pfarrhaus vor, in welches er seine junge Frau führen konnte.

Der Anfang war nicht viel verheißend. Die Gemeinde hatte Einspruch erhoben gegen die Wahl dieses Pfarrers, weil er ihr zu zart und fein erschien, sie hätte gern einen kräftigen, vierschrötigen gehabt. Da aber nichts einzuwenden war gegen „Leben, Lehre und Wandel" drang der Protest nicht durch, und grollend sah man den Pfarrer kommen.

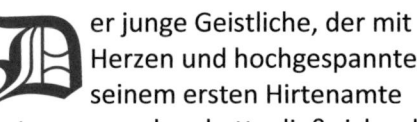

er junge Geistliche, der mit warmem Herzen und hochgespannten Idealen seinem ersten Hirtenamte entgegengesehen hatte, ließ sich sehr niederdrücken dadurch, dass die Gemeinde ihn nicht willkommen hieß. ～～～～～～～～～～～～ Ein unfreundlicher, nasskalter Apriltag war's, an dem das junge Paar einzog in die neue Heimat, in kalte Räume empfangen von keinem Menschen. Der Kanter hatte zwar (wie er später sagte) daran gedacht, den Pfarrer zu begrüßen bei der Ankunft, aber – vom Gedanken bis zur Tat war bei ihm ein weiter Weg, und so blieb es eben ein guter Gedanke. Doch der alte Gutskutscher, der die Pfarrersleute abholte, gab ihnen freundlich die Hand mit herzlichem Willkommensgruß. Eingeholt in der altersgrauen Glaskutsche des Gutes die in den letzten Zügen lag und mit dieser Einholung ihre Laufbahn glorreich beendete, denn die neue Staatskarosse stand schon im Schuppen und wartete auf bessere Wege um ihr Amt anzutreten. Vielleicht wurde die alte ehrwürdige Kutsche auch als zu diesem Zweck noch ausreichend angesehen! Denn die Wege – wann sollten die besser werden? Außerhalb des Knödellandes kannte man solche kaum mehr, dort gab es schonweiße Chausseen – hier aber saß man im Wagen wie in einer Wiege. Bald fiel das eine Rad in ein Loch, bald das andre, und man war froh, wenn der Wagen heil wieder heraus kam. „O" sagte der herrschaftliche Leibkutscher, „jetzt sind die Wege schon golden, früher sind die Löcher in den Wegen so groß gewesen, dass die Bauern die sie bessern sollten, viele Reisigbündel in eins packen konnten, ehe es voll wurde. Dann füllten sie Sand darauf oder Rasenstücke und dann war der Weg eben – bis der erste Wagen darüber fuhr—die Reiser knackten und man saß im Loch, oft mit zerbrochenem Rad. War nur der Unterschied gegen heut, dass man die Löcher auf diese Art nicht vorher sehen konnte und es so immer eine Überraschung war!"

Die Haustür umzog eine Girlande, auf dem Fensterbrett standen einige Blumentöpfe das waren stumme Zeugen freundlicher Gesinnung und die Pfarrfrau verstand die stille Sprache. Sie bekämpfte das Heimweh und das Unbehagen, und machte sich mutig daran ihren Eheherren zu trösten und zunächst das Studierstübchen wohnlich einzurichten. Die Möbel standen kreuz und quer in den Zimmern, wie die Fuhrleute sie abgesetzt hatten – wer aber sollte helfen sie an ihre Plätze zu rücken?
Da erschien als Retter in der Not der gute Kantor, ein Enakskind. Er war ausgerüstet mit allerlei Werkzeug und mit seiner Hilfe kam man schnell voran. Er scheute sich vor keiner Arbeit, der Kantor, half überall, verstand alles, alles – nur nicht das Unterrichten. Nein das verstand er nicht. „Im ersten Schuljahre sind die Kinder nur Kohlköpfe" sagt er „ da lernen sie natürlich noch nichts. Nur die Klügsten lernen die A die E die I (die Buchstaben waren bei ihm weiblichen Geschlechts). Viele Kinder lernen überhaupt nur die kleinen

Buchstaben (erklärte er unter Arbeit) manche lernen aber auch alle großen Buchstaben." Dass die Kinder nichts lernen, lag seiner Meinung nach nur an der Dummheit derselben. Die Schulstunden dauerten im Sommer, früh von 5 – 7 für die großen, von 7 – 9 für die kleinen Kinder. Das Tagwerk des Kantors begann mit dem Läuten bei Sonnenaufgang. Dann stand er mit der Pfeife an der Ecke der Kirche und beobachtete das Wetter bis zum Beginn des Unterrichts – er war ein unfehlbarer Wetterprophet. Um neun Uhr war sein Tagwerk als Lehrer beendet und er konnte sich anderen Beschäftigungen hingeben, was er mit Leidenschaft tat. Es gab nichts, was er nicht zu machen oder ganz zu machen verstand. Er schnitzte Harken und lötete Blechgeräte, stimmte Instrumente und bestrickte Töpfe, baute im Gutshof das Rosswerk, nietete in der Kirche den alten Kronleuchter, strich Fussböden und dichtete für Geld auf alle Vorkommnisse des Lebens so lang oder kurz man es haben wollte. Er ging mit der Harke in den Wald Streu harken für seinen Viehstand und brachte in seinem blau und gelb gewürfelten Taschentuch ein Gericht Pilze mit Heim. Nebenbei aber war er Gelehrter oder hielt sich wenigstens dafür und bildete sich nicht wenig darauf ein – was zwar niemals in unangenehmer Form, oft aber in komischer Weise hervortrat. „Herr Prediger, die Halbwisser dass sind die Schlimmsten!" wiederholte er oft. Das Giebelstübchen des Schulhauses war sein Heiligtum, da arbeitete er an seiner Geistesbildung, von dort blickte er geringschätzig auf die übrige Welt herab, seine Familie mit eingeschlossen.

Wenn Frau oder Tochter einmal wagten, bis an die Tür seiner Stube zu kommen, um zu fragen ob er etwas wünsche, so fuhr er sie an: „Ja! Ruhe vor Euch!" Gegen die Pfarrers äußerte er sich über den neuen Pfarrer:" ich habe fünf Prediger in meinem Leben gehabt, aber ich bin mit jedem zufrieden gewesen."

Er nahm sich des jungen Pfarrers väterlich an, unterrichtete ihn den Residenzler, in der Viehhaltung und Gartenbaukunst, lehrte ihn mähen und Heu machen, Sense dengeln und Sicheln schärfen, Kartoffeln legen und Bäume beschneiden. Bei allen größeren arbeiten im Hofe und Garten lieh er stets hilfreiche Hand und überreiche Belohnung dankte es Ihm, nach vollbrachter Arbeit bei einem Glase Bier den Erzählungen des Pfarrers zu lauschen – über das Leben und die Herrlichkeiten der Residenz, die er nie gesehen, oder von den Wundern und Schönheiten der Welt außerhalb des Knödellandes.

Er ist den Pfarrersleuten stets ein treuer Freund und Ratgeber (auch in später sich ergebenden Schwierigkeiten im Amt) gewesen und zu allen Zeiten ein „guter undgetreuer Nachbar".

Das Dorf besaß keine eigentliche Schönheit, aber doch eine gewisse malerische Lieblichkeit, wenigstens für den, der Augen dafür hatte, und die waren beiden Eheleuten gegeben. Vom nahen Hügel sah man bei hellem Wetter die Zinnen des Paradieses, und Jordan, so liebte der alte würdige Pastor (der Vater der Frau) doch diese Aussicht. Er freute sich, dass seine Kinder so nahe des Paradieses lebten, auch erfüllte sich dadurch in etwa ein Kindheitstraum der Pfarrfrau. Sie hatte sich als vierjähriges Kind einmal ausnahmsweise von ihrer Mutter entfernt und sich im Garten, in einer hoch auf dem Berge gelegenen Laube in ein Spiel vertieft. Die Mutter suchte sie und sagte, als sie sie dort fand:"Wie konntest du so weit von mir gehen! Denke doch, wenn nun der Himmel eingestürzt wäre, und du wärst dort oben gewesen und ich hier unten!" Das Kind erschrak bis ins Herz hinein, ob dieser Möglichkeit und entfernte sich niemals mehr freiwillig von der Mutter die schon ein Jahr später heimging. Die Vorstellung, dass der Himmel einstürzen könne, gab ihm viel zu denken. Es stellte sich den Garten stets mit großen Stücken Himmelsblau vor und mit weißen Wolken (an die Grauen dachte es nicht) bedeckt vor. Wie schön ließe es sich aus diesen Stücken Höhlen bauen, in die man hineinkriechen kann. Und wie war`s mit den Engeln? Würden da etliche mit hinunterfallen? Vielleicht die ganz Kleinen unvorsichtigen? Wie schön auf den weichen weißen Wolkenlämmern reiten oder liegen und geradewegs durch das große Loch in die himmlische Herrlichkeit hineinschauen! Sah man da „ Die Tore aus Perlen gebaut und die goldenen Gassen" (von denen die Großen oft sangen)? Oder – ein schrecklicher Gedanke – war dadurch der ganze Himmel zerstört und alle Englein heimatlos geworden? Das Kind wünschte sich brennend, es zu erleben, dass der Himmel einstürze, doch griff es bei diesen Wünschen sofort nach der Hand seiner Mutter, damit die Himmelstrümmer nicht trennend zwischen sie zu liegen kämen. Der Wunsch ist ihm nicht in Erfüllung gegangen und mag in Wirklichkeit auch nicht ergötzlich sein, wenn einem die Erde ein Trümmerhaufen ist und der Himmel einstürzt. Die Pfarrfrau dachte oft an diesen Kindheitswunsch und freute sich von ihrer neuen Heimat aus wenigstens einen Blick auf das „Paradies" werfen zu können. Und Engel sind ihr auch begegnet im Leben, trugen sie die Flügel auch nicht sichtbar!

Das junge Paar hoffte auf einen reichen Kindersegen, denn dass war Tradition, nicht nur in den Pfarrhäusern im allgemeinen, sondern auch in den beiderseitigen Familien, aber die Aussichten erwiesen sich als mangelhaft. Der Storch war`s nicht gewöhnt, seine Bürde in diesem Hause abzulegen. Seit hundert Jahren war er dort nicht begehrt worden, seit hundert Jahren hatte es keine Pfarrerskinder in dem Dorfe gegeben.
Nur zwei Pfarrherren hatten in dieser langen Zeit in dem Dorfe ihres Amtes gewaltet – der eine 45 der andere 55 Jahre, und beide waren kinderlos gewesen. „Das läge am Hause" flüsterten die Frauen im Dorf der Pfarrfrau geheimnisvoll zu, es werde ihr ebenso gehen. Das war recht betrübend und wäre das junge Paar abergläubisch gewesen, so

hätten sie wohl auf den Gedanken kommen können, einstweilen in eine kleine Hütte im Dorf zu ziehen, bis der liebe Gott ein Einsehen hätte. Aber sie trauten ihm auch so zu, dass er ihren Wunsch erfüllen würde – wenn es ihm gut schiene – und so warteten sie geduldig und voll Gottvertrauen--- dauerte es auch lange, so ist ihr Vertrauen doch belohnt worden.

Lange freilich vor dieser Zeit kam schon ein Kind auf den Pfarrhof, doch war´s kein Säugling, sondern lief auf eigenen Füssen hinein! Im Dorf erkrankte ein Vagabund, der kurze Zeit dort gearbeitet hatte. Er starb und hinterließ zwei Kinder, Knaben von 12 und 7 Jahren. Der Mann war heimatlos gewesen und seine Kinder konnten mit Recht sagen:

„Auf Gottes weiter Erde gehör ich niemand an!"

Der Pfarrer brachte den Kleinen seiner Frau und sagte:

„Wer ein Kind aufnimmt in meinem Namen der nimmt Mich auf!"

und sie hieß das Kind mit Freuden Willkommen. Der ältere Knabe war groß und kräftig, der gab schon einen Hütebuben ab, und in zwei Jahren einen Knecht. Der Pfarrer versuchte es, ihn im Dorf bei einem Bauern unterzubringen. Doch dass war vergebliche Mühe. Die jungen wären Galgenvögel, sagten sie, die ihnen den roten Hahn aufs Dach setzen würden. Da erbot sich die Patronin, den Knaben aufzunehmen, und sie hat es nicht zu bereuen gehabt. Der Pfarrfrau machte der unerwartete Pflegling viel Mühe. Er war, obgleich 7 Jahre alt, doch in jeder Hinsicht wie ein kleines Kind, sprach auch wie ein solches. Er konnte sich weder an- nicht ausziehen, lernte es auch sehr schwer (fand es nebenbei auch eine sehr unnütze Sache) er hatte niemals ausgezogen, was er an Kleidungsstücken besaß, sondern es anbehalten bis es vom Leibe fiel. War doch die Mutter der Knaben lange tot und der Vater von Ort zu Ort gezogen, arbeitend, wenn er Arbeit fand, bettelnd, wenn es keine für ihn gab. Was ein Hemd sei war den Knaben unbekannt, es besaß in ihrer Familie keiner eins. Er starrte so von Schmutz, dass es verschiedene Bäder und allerlei Zutaten nötig hatte, um seine eigentliche Hautfarbe ans Tageslicht zu bringen. Woher aber Sachen für ihn nehmen? Und zwar sofort? Die Pfarrfrau besann sich nicht lange. Ein Hemd und ein Paar Hosen des Hausherren wurden bei den Knien abgeschnitten, die Ärmel von einem sogenannten Suavenjäckchen der Pfarrfrau bis zu den Ellenbogen verkürzt. Sie lachte hell auf, als er noch rot wie ein gesottener Krebs vom vielen Scheuern, in diesem Aufzuge vor ihr stand, und er nahm dieses Lachen für Bewunderung und lachte mit. Es war Winter und bitter kalt, als der Pfarrer zu dem sterbenden Manne gerufen wurde, der in einem leeren, kalten Raum lag. Halb erstarrt und hungrig hatte der Kleine auf dem Rande des Lagers gesessen. Gern und willig war er mit dem Pfarrer gegangen, der ihm sagte, er solle satt gemacht, gewaschen und rein angezogen werden. Er konnte es kaum erwarten, dass das Wasser warm würde. Und nun stand er da am warmen Ofen, ringsherum satt und so schön angetan – ein Bild des Wohlbehagens und der Hässlichkeit! Ja, rechtschaffen hässlich war der kleine August. Sein braunes, knochiges Gesicht wurde durch einen Zug von Verschlagenheit besonders entstellt. Seine Haare, die jedem Versuche, einen Kamm durchzubringen, siegreich wiederstanden hatten, hatten bis auf den Grund abgeschnitten werde müssen, und da die Pfarrfrau just kein gelehrter Barbier und Haarkünstler war, so hatte sie ganz schöne Treppenauf dem Kopfe zuwege gebracht. Nun galt es dem Jungen menschliche Gewohnheiten, Begriffe und Ansichten beizubringen. Er konnte klettern, laufen, verschwinden wie ein Wiesel, lügen wie ein Buch! Von seinem Vater hatte er gelernt, dass man sich vor nichts hüten und fürchte müsse als vor dem Gendarm. Er erkannte denselben schon aus weiter Ferne, und suchte Schutz vor ihm in den Kleiderfalten der Pfarrfrau, wie ein Vogel, der den Häher erspäht hat. Als er nun nach und nach inne wurde, dass er jetzt für den Mann kein Gegenstand des Interesses mehr war, verlor sich zwar die große Furcht vor ihm, doch suchte er stets schleunigst (sobald der Gefürchtete ins Dorf geritten kam) den schützenden Zaun des Pfarrgehöftes zu erreichen. Von diesem sicheren Bollwerk aus schaute er ihm triumphierend nach und rief: "ein Schandohr – er kriegt mich doch nicht!" In der Schule lernte der August nichts, rein nichts, zu häuslichen Arbeiten zeigte er einiges Geschick aber auch eine grenzenlose Faulheit. Sein Amt bestand darin, Enten zu hüten das heißt, eigentlich darin, sie zu suchen, da er sie regelmäßig davonlaufen ließ. Er besaß ein erstaunlich musikalisches Gehör und eine schöne Stimme. Mit Leichtigkeit sang er jedes Lied nach, dass er einmal hörte. Selbst den Text dieser Lieder behielt er, während ihm in der Schule nichts beizubringen war. Es bereitete dem Pfarrherren halb Spaß, halb Verdruss, wenn er die Studenten oder Liebeslieder (die er später seinem Töchterchen vorsang, sie auf dem Arm wiegend)- wenn er diese Lieder im Garten oder Stall ertönen hörte und kein geringeres Vergnügen war es zuweilen den Besuchern des Pfarrhauses, wenn der kleine hässliche Junge, der sich im Hofe beschäftigte, plötzlich mit heller Stimme anhub zu singen:*"Ob sie ein andrer hat geführt zum Traualtare, ob sie der Tod geholt zur Bahre, wie auch der Bräutigam sich nenne, der sie erworben, ich fühl`s an meinem Gram, dass mir mein Lieb gestorben.*" Wenn er auch seinen Pflegeeltern manchen Verdruss bereitete durch seine Lügenhaftigkeit und Faulheit – im Winter und Sommer ging es mit ihm, aber im Frühjahr und Herbst ergriff ihn das Wanderfieber. Mehrere Male ging er dann auf und davon. In der Mauer des Kirchhofes versteckte er sich gekochte Kartoffeln, deren er habhaft werden konnte, auch andere Lebensmittel – und dann war er verschwunden. Tagelang wurde er gesucht und gewöhnlich fand man ihn dann halb verhungert in einem außenstehenden Backofen, schmutzig, elend zerrissen, scheu! War er wieder zurecht gemacht erzählte er, wie schlecht es ihm auf seinen Wanderungen gegangen sei, fand sich entsetzlich dumm fortzulaufen, und kurz darauf - verschwand er wieder. „Es kommt mi dann so an." Sagte er auf befragen. Es wird noch manches von ihm zu berichten sein, hat er doch zehn Jahre im Hause der Pfarrfamilie gelebt, doch sei hier nur noch das eine gesagt: bis zum frühen Tode des Pfarrherrn blieb er mit der Familie vereint und siedelte auch noch mit in die Stadt über. Nach dem Tode des Pfarrherrn nahm ihn der Bruder desselben mit auf sein Gut (in der Nähe von Thron), dort ist ein guter und in seiner Art auch brauchbarer Arbeiter aus ihm geworden. Er heiratete auch dort, hatte eine große Anzahl Kinder, und seine Frau pflegte Zahl und Alter der Kinder stets getreulich vor dem Weihnachtsfest der Pfarrfrau zu melden – und sie ist in ihren stillen Erwartungen auch nicht getäuscht worden.

Große Freude herrschte bei den Pfarrersleuten und großes Staunen in der Gemeinde, als es ruchbar wurde, dass der Storch sich's getrauen wollte eins zum Pfarrhaus zu fliegen. Ein nur trübte die Freude der jungen Frau: Die Herren der Schöpfung meinen doch alle glücklich sein zu können wenn sie einen Buben auf dem Arm halten. Der alte Pastor zwar, ihr Vater, dachte darin anders, der hielt seine vielen Mädchen höher als die Jungen, aber der war auch in jeder Beziehung eine Ausnahme. Das zu erwartende

Kindlein konnte nun leicht ein Mädchen sein, denn die hatten in der gesamten Verwandtschaft das Übergewicht. Würde der Pfarrherr sich dann ebenso freuen, wie über einen Buben? Dafür musste gesorgt werden! Die Pfarrfrau begann nun zu erzählen von den Nöten und Sorgen, die ein Junge verursache, wie man ihn so früh aus dem Hause geben müsse, um ihn da nun eigentlich nie wieder zu bekommen. Ja, die Jungen seien eigentlich beanlagt Taugenichtse und Tagediebe zu werden! Sie wusste anzuführen, wie aus Predigersöhnen nicht nur nichts sondern in einem Falle sogar ein Schauspieler geworden sei! In einem andern Falle wäre einer beinah Schauspieler und Schriftsteller geworden! Selbst das Sprichwort sage: „Pfarrers Kinder und Müllers Vieh gedeihen selten oder nie." Es seien unter Pfarrers Kinder aber zweifellos die Buben zu verstehen, da Pfarrerstöchter anerkanntermaßen sonderlich gut gerieten. Jetzt wurde dem Pfarrherrn himmelangst vor seinem künftig ungeratenen Sohn. Er sah denselben schon im Geiste als Mordbrenner und Räuberhauptmann unter dem Henkersbeil endigen oder gar als ersten Liebhaber auf „den Brettern die die Welt bedeuten" herum flankieren und wünschte sich nun lieber zwei Mädchen auf einmal als einen Buben. Als nun wirklich ein Mädchen das Licht der Welt erblickte, hieß es von Seiten des jungen Vaters nicht bedauernd: „Ach nur ein Mädchen!" sondern mit einem Erleichterungsseufzer: „Gott sei Dank – sogar ein

Mädchen!" So hatte die Pfarrfrau ihren Zweck erreicht. Probatum est !

So lag nun das erste Kindlein in der Wiege im Pfarrhaus – nach hundert Jahren! Es lag wirklich in einer Wiege, denn die Pfarrersleute hatten sich bei der Anschaffung der Lagerstätte überlegt, dass eine Wiege doch viel poetischer sei als eine Bettstelle oder ein Wagen, und darum eine Wiege gewählt, obwohl sie nicht die Absicht hatten ihre Kinder tatsächlich zu wiegen! „Wiegenlieder" wie hübsch das klingt! Wer weiß schon etwas von „Wagenliedern"? hat doch Luther (als er als guter Vater sein Söhnlein am Vortage des Weihnachtsfestes in den Schlaf wiegen musste) bei dem Geräusch der Wiegewalzen sein herrliches Lied erdacht und die Melodie dazu gemacht: Vom Himmel hoch da kam ich her". Würden ihn knarrende Wagenräder auch dazu begeistert haben? Schwerlich! Also das erste Pfarrerskindlein nach hundert Jahren lag aus Gründen der Poesie in einer Wiege und August avancierte vom Entenjungen zum „Kinderjungchen" in Ermangelung eines Kindermädchens. Er begann seine Laufbahn damit, dass er das Neugeborene mit einem Glas Wasser überschüttete. Doch hatte auch das sein Gutes, wie alles auf der Welt, wenn man es nur zu finden weiß. Das Kindlein lernte schon in der ersten Stunde seines Lebens einsehen, dass die Erde ein Jammertal und voller Müh und Drangsal ist. Ist es doch wirklich kein Vergnügen, mit kaltem Wasser begossen und von Kopf bis Fuß umgezogen zu werden, wenn man grad erst den ersten Blick in die Menschenwelt getan hat! Das Kindlein war das noch nicht gewöhnt und stellte sich arg ungebärdig – wer wollte ihm das verdenken? Wies tut weiß ein jeder, denn wer wäre im Leben nicht schon mit kaltem Wasser begossen worden – nur das später der Schaden durch umziehen nicht immer gut zu machen ist! Der August erwies sich als ein recht brauchbarer Hüter und Schatten des Kindes. Er betrachtete und verehrte die Kleine als eine Art höheren Wesens und sie fand das durchaus in Ordnung, als sie es zu begreifen begann und nahm es huldvoll an. Dass er aber (wie sie später behauptete) ihre gewesen sei, ist eine Verleumdung schlimmster Art und zur Ehrenrettung des armen Jungen will ich erzählen, wie er bei der Wartung des zweiten Kindes sich als das strickte Gegenteil einer Amme erwiesen hat: Er sollte dem Pfarrersbüblein die Flasche halten – erstaunlich war nur, dass das Knäblein mit der Zeit durchaus mit seiner ihm zugeteilten Milchration nicht mehr zufrieden war und dringend nach mehr verlangte. Da entdeckte die gute alte „Tante Molle" den August eines Tages dabei, dass er hinter dem schützenden Verdeck des Wagens die Flasche des Kleinen an den Mund setzte und austrank. Es hat ihm von der sehr temperamentvollen und schnellentschlossenen Tante auf frischer Tat eine Ohrfeige eingebracht – ein Verfahren, das sie immer sehr liebte und fix anzuwenden pflegte. Dies zu seiner „Ehrenrettung", wie gesagt. Er hing so an den Kindern, dass er in dem ersten Frühjahr und

Herbst ihres Daseins selbst den Wandertrieb überwand und bei ihnen blieb. „Die Kleine wird sich recht gewundert haben, wo sie ist, als sie auf die Welt kam," äußerte er tiefsinnig, „na sie wird ja bald gemerkt haben dass sie bei den Eltern ist!" und es machte ihn ungeheuer Stolz, dass er es war, der der Kleinen das erste Lächeln entlockte und ihr das erste Kunststück beibrachte. In diese Zeit fiel auch seine erste Reise mit der Bahn zu dem lieben Vater der jungen Mutter in das kleine Städtchen L... . „Was werden nur die Hunde sagen in L... wenn du so fein hinkommst?" sagte die Pflegemutter zu ihm (er war nämlich sehr eitel auf sein neues Reisehabit) „Ja und die Gäns!" war die strahlende Antwort. Und als der alte Pastor ihm ein Paar neue Stiefel kaufte und die Tante Molle ihn fragte: „Was wird aber da die gnädige Frau sagen, wenn sie dich damit sieht!" (die Gutsbesitzerfrau ist gemeint) Da strahlte er und meinte: *„Huan wird sie se welln!"* Nun ja, mit dem Büblein war das eine eigene Sache – hatte der liebe Mann seine Frau schon trösten zu müssen geglaubt, als drei Jahre nach der Geburt des Mägdeleins ein Junge in der Wiege lag: „Nur ein Junge" nun da ließ sie sich trösten und war`s zufrieden, hütete sich auch, ihrem Eheherren zu verraten, wie gern sie sich trösten ließ und auf welch künstliche Weise sie ihm die Freude auf das kleine Mädchen beigebracht hatte – es sollten doch der Mägdelein noch mehrere kommen und dann hätte ja das Mittel nicht mehr verfangen!

Nun geschah es, dass der Herr Ephorus zur Kirchenvisitation anwesend war, als das Büblein seinen ersten Jahrestag beging. Er fragte, als er des kleinen Mädchens ansichtig wurde: „Ist das alles was sie haben?" und prompt und ernsthaft antwortete die Pfarrfrau: „Jawohl Herr Superintendent, das andre ist nur ein Junge!" Der alte Herr beschäftigte sich gerade mit dem Kinde, sah daher die Frau nicht an und bemerkte nicht, dass ihr der Schelm im Nacken saß und erwiderte tröstend: „Lassen sie es gut sein, es ist auch ganz nett einen Jungen zu haben, das werden sie schon noch erfahren!" Die Frau erschrak ein wenig, als sie merkte dass der alte Herr ihre Worte für bare Münze genommen hatte, das hatte sie nicht erwartet. Er durfte nicht merken dass er auf einen mutwilligen Scherz reingefallen war und so spielte sie die Rolle weiter und sagte resigniert: „Ja, man muss zufrieden sein, ist doch nicht zu ändern!" Und so hatte sie sich zum zweiten Mal erfolgreich trösten lassen, ob des Missgeschicks, dass ihr zweites Kind „nur ein Junge" war!

Der junge Pfarrer war ein Berliner Kind, er kannte die Landsleute nur aus Büchern oder vom Hören und Sagen und brachte viele Ideale mit aufs Land. Die wurden da kläglich zu Schanden! Die Gemeinde war eine verrottete, fast alle älteren Männer waren Trinker, die jüngeren hatten gute Anleitung dazu und waren gelehrig! Der alte Vorgänger hatte keinem zu nahe treten wollen, auch des Kantors Nase trug eine bedenkliche Färbung. Dass der junge Pfarrer in seinen Predigten kein Blatt vor den Mund nahm, erregte gewaltiges Ärgernis, man wurde ihm gram, suchte ihn zu ärgern und ihm vorzuenthalten was ihm zukam. Er war ein friedliebender Mann und hätte gern nachgegeben, dass litt aber der Kantor nicht: „Herr Pastor, sie kennen den märkischen Bauern nicht! Geben sie nach so sind sie um den Respekt! Bestehen sie aber auf ihrem Recht so fügen sich die Bauern. Im andern Falle würden sie sagen: „hat er uns doch betrügen wollen! Wenn er im Recht wäre, würde er doch nicht nachgeben!" Sie selbst prozessieren – ein Bruder mit dem anderen – tatsächlich um fünf Pfennige, weil sie nicht nachgaben, wenn sie sich im Recht glaubten. Und der Kantor behielt Recht. Nachdem die Leute auf alle Art versucht hatten und eine ruhige Entschiedenheit gefunden hatten gaben sie nach und wurden zugänglicher. Wie oft aber bedurfte es der Mahnung des Kantors: „Herr Pastor sie dürfen nicht nachgeben! Sie schädigen die Stelle." Wenn wieder einmal der Pfarrer auf sein Recht verzichten wollte um des Friedens willen. Es war eine harte Schule für den ideal gesinnten, liebevollen Mann, aber er fügte sich der Lebenserfahrenheit des getreuen Mannes und hatte dann doch die Freude, hier und da Anzeichen eines beginnenden Einfluss zu spüren. Es kam „Genie" hinein so sagte ihm der gute und verständige Nachbar und Kirchenälteste erfreut. „Genie?" fragt der Pfarrer erstaunt. „Ja" erklärt der Mann „sie fangen an sich zu genieren, wenn sie betrunken sind und der Herr Pastor sieht oder erfährt es, und betrinken sich seltener. Der Kantor lässt es ganz. Aber der Herr Pastor solle nur nicht zu lange verreisen, denn dann ist es mit dem Kantor wieder schlimm." Die Leute hatten auch ihre guten Seiten. Sie bestahlen z.B. einander nicht und auch den Pfarrer nicht. Desto mehr stahlen sie der Gutsherrschaft, die hatte es ja übrig und es wuchs ihr auch zu, da konnte sie es billigerweise gern nicht anders erwarten. Der Pfarrer brauchte keinen Stall zu verschließen obgleich die niedere Hoftür unverschließbar war. Ja, der Kantor machte sogar oben im Garten, wo keine Tür war, einen sogenannten Übersteiger über den niederen schadhaften Zaun, damit die Leute im oberen Teil des Dorfes durch den Garten kommen könnten, wenn sie im Pfarrhaus zu tun hatten. Nie ist auch nur ein Apfel gestohlen worden. Als die Pfarrersleute einmal einige Wochen verreist waren, ehe sie Kinder hatten, da fanden sie bei ihrer Rückkehr reife Pflaumen und Falläpfel unter den Bäumen – keiner hatte etwas angerührt, obgleich die Leute sehr arm waren, und soweit sie nicht Besitzer waren selbst keinen Garten hatten. In die Kirche kamen die Leute, natürlich, sie oder ihre Vorfahren hatten ja für den Kirchenstand bezahlt, und das müsste abgesessen werden. So war dem Pfarrer wenigstens Gelegenheit gegeben den Leuten zum Herzen zu sprechen. Geizig, streitsüchtig, hartnäckig an vorgefassten Meinungen und hergebrachten Unsitten festhaltend machte man es dem feinsinnigen und feinfühlenden Mann schwer an die Menschen in der Gemeinde heranzukommen. Auch verargte man ihm seine offene Stellungnahme von der Kanzel gegen die Untugenden. Der alte Pfarrer „hat mit Handschuhen gepredigt" sagte der Kantor, sie sind das nicht gewöhnt, das ihnen das einer so sagt. „Und solch junger Mann noch dazu!" Und eigentlich hielt man den Pfarrer für einen Faulenzer: auf dem Felde brauchte er nicht zu arbeiten, bekam „hohen Lohn" und das predigen – das hatte er ja „auf Schulen" gelernt, das konnte er ja. Dem Pfarrer wollte so bisweilen der Mut zum weiterarbeiten in der Gemeinde ausgehen und er sprach sich einmal zu seinem guten Nachbar darüber aus, doch der tröstete ihn damit.

Das junge Paar hatte zwei Hausapotheken, eine alloph. und eine homöopathische zur Hochzeit bekommen. Das hatten die Leute herausbekommen. Wenn nun bei Krankheiten das Mittel von der vorherigen Krankheit (was oft schon Jahre stand!) nicht helfen wollte, dann kamen sie zum Pfarrer und ließen sich Medizin geben. Dass war immer noch billiger, als der teure Arzt, der zudem mehrere Meilen entfernt wohnte. Umsonst wollten sie die Medikamente durchaus nicht annehmen. Sie gaben ja auch nichts umsonst. Da er nun kein Geld nahm, brachten sie ihm oft die wunderlichsten Sachen aus ihren Erträgen mit dem Bemerken „ einem jungen Anfänger muss man unter die Arme greifen, da hatten wir auch nichts". Selbst Krankenbesuche des Pfarrers wollten sie auf diese Weise honorieren, worüber der ideal gesinnte Mann nicht wenig entsetzt war. Zumeist kamen die Frauen mit diesen Gaben. Nicht allein deshalb, weil sie dem neuen Pfarrer hold waren, sondern auch um die Einrichtung in Augenschein zu nehmen, die in ihren Augen unerhört war und dann hatte die Pfarrfrau ein Klavier! Sie hatte es mit in die Ausstattung bekommen, es war ein schönes neues glänzendes Ding. Die Leute, die beim Abladen der Möbel geholfen oder zugesehen hatten, hatten davon erzählt von etwas sehr merkwürdigen. Es sei klein und stehe aufrecht. Das erschien kaum glaublich. Die einzigen Klaviere von denen man gehört oder die einige sogar gesehen hatten, die waren ganz anders. Das auf dem Gut war lang und dreieckig und das vom Kantor war reinweg wie ein Tisch anzusehen. So kamen denn die Frauen eine nach der anderen und auch einige Männer um das aufrecht stehende Klavier anzusehen und die Frau Pfarrer darauf spielen zu hören, das konnte ja wohl auch gar einmal gelingen. Ein Bauer der wie er sagte „in der Welt herumgekommen war" (er war nämlich in Frankfurt a/O gewesen) rief erfreut, als ihm eine lustige Weise vorgespielt wurde: „Das kenne ich, das ist ein Konzert aus Frankfurt. Als ich dort war bin ich bei einem Garten vorbeigekommen, da spielten sie das selbe Konzert!" Er meinte das Klavier sei ein Wertstück und habe gewiss dreißig Taler gekostet! Der Schwiegervater müsse ein reicher Mann sein, dass er seiner Tochter so etwas mitgeben könne. „Und ein praktischer!" setzte dann der Kantor hinzu „alles ist praktisch und dauerhaft!" Er wusste

Bescheid in der jungen Wirtschaft, denn er hatte –
während der Pfarrer zu seiner Hochzeit gereist war,
das Abladen der Möbel überwacht. Die Fuhrleute
hatten unterwegs von einem Dorf zum anderen auf
den Gütern um Vorspann bitten müssen, bisweilen
um sechs Pferde. Auf dem letzten Ende das am
schlimmsten war, hatten auf jeder Seite des
Möbelwagens mehrere Männer mit Stangen gehen
müssen, den Wagen zu stützen, damit er nicht
umfalle. Eine zweite Gefahr aber drohte dem
neuen und kostbaren Klavier in dem jungen Heim,
an der es nicht so unberührt blieb. Als der „Decem"
in Gestalt von Roggen auf dem Boden lag, fanden
sich viele Mäuse und als das Korn verkauft war,
siedelten sie in die Wohnräume über. Sie trieben
ihren Unfug soweit, dass man in stillen Stunden
geisterhafte Töne aus dem Klavier hörte – sie
machten anscheinend auf den Tasten ihre
Abendpromenade, vielleicht waren sie auch
musikalisch – wer will das wissen? Jedenfalls wollte
man der Plage Herr werden. Jemand riet dazu
Chlorkalk in die Mäuselöcher zu schütten, das solle
helfen. So wurde denn auch eine tüchtige Portion
unten in das Klavier geschüttet. Das Mittel half, es
war ein Radikalmittel – nie wieder hat eine Maus
das Klavier betreten, aber freilich nie wieder hat es
auch nur einen Ton seinen Seiten entlockt.
Resonanzboden und Saiten waren vom Chlorkalk
vollständig zerfressen! So reiste denn der Pfarrer
mit dem was von dem Klavier übrig war nach Berlin
zum Fabrikanten. Der schlug die Hände über dem
Kopf zusammen, als er die Vernichtung sah. „Herr"

rief er aus „Sie haben doch studiert! Und dann machen sie sowas!?" „Studiert habe ich" sagte der Pfarrer gelassen „Aber Theologie, und nicht Chlorkalk!" Nun, der entsetzte Fabrikant nahm den Rest des Klaviers zurück und mit einem Zuschlag von 100 Talern kaufte er sich ein neues Instrument. Doch hat er sich gehütet künftig Mäuse durch Chlorkalk daraus fern zu halten. Wenn man für eine Lehre 100 Taler bezahlt hat, dann begreift und behält man sie! Man suchte wohl auch, sich aus dem Kirchenbuch ein Bild der Verhältnisse im Dorf zu machen, man findet da oft sehr lehrreiche Aufklärungen. In den ganz alten Eintragungen fanden sich aber auch manch seltsame Bemerkungen. Da hieß es an einer Stelle: „Der Bauer R. der sich in alles mengt, was ihn nichts angeht, will beim Abendmahl nicht mehr unter der Kanzeltreppe durchgehen, sie soll verlegt werden. Es sei ihm nicht anständig unter dem Pastor seine Füße durchzukriechen." Sein Nachfahre hatte wohl den Charakter des Ahnen geerbt – er gehörte zu denen, die die meisten Schwierigkeiten machten. Dann fand sich auf einer Seite die Notiz: „Heute ist auch die alte Lise gestorben". Der Kantor erzählte, er habe im Dorf nachgeforscht wer denn die alte Liese gewesen sei? Da habe er erfahren, es sei das Reitpferd des Vorgängers des derzeitigen Pfarrers damit gemeint. Auf diesem alten Klepper sei der Pfarrer zu Markte geritten im grauen Leinwandkittel um ein fettes Schwein oder ein Stück Jungvieh einzuhandeln, das er dann an einer Leine vom Pferd herab nebenher leitete.

Ein eigentümlich märchenhafter Anblick ward der Pfarrfrau als sie eines Abends zu Anfang des ersten Winters in eine Bauernstube trat. Um den offenen Kamin, in dem als einzige Beleuchtung ein Kienspan brannte, saß im Halbkreise die Familie und etliche Nachbarn. Alle, von der Großmutter bis zu den Enkeln spannen Flachs auch die Männer. Selbst der Kaufmann des Ortes, der ein reicher und angesehener Mann war *(„ein Mann von 1000 Talern" wie die Leute sagten und das galt im Knödellande schon für einen großen Reichtum)* saß mitten darunter und spann den Flachs zu der Leinwand, die im Haushalt gebraucht wurde, während seine Frau die Wirtschaft und den Laden besorgte. Die kurze Pfeife im Munde, mit der rechten Hand den Faden drehend, ließ er die linke auf dem Knie ruhen. Sie brauchten nur eine Hand dazu, denn sie verstanden das Spinnen aus dem Grunde, da sie es schon seit ihrem achten Lebensjahr betrieben. Der jüngste in der Familie hatte das Amt die Beleuchtung zu unterhalten, dass heißt zur rechten Zeit den neuen Kienspan aufzulegen, ehe der alte verlosch. Eine billige, aber mühsam beschaffte Art der Beleuchtung. Der Förster überließ den Leuten die in der Erde gebliebenen Stümpfe der Kiefern unentgeltlich. Im Herbst nach der Ernte wurden sie gerodet und gaben Heizung und Beleuchtung umsonst. Auf die Bitte der Pfarrersleute etwas zu singen, verstanden sie sich gern dazu. Mit großer Andacht und Ernsthaftigkeit, als sei es eigentlich eine Arbeit,

begannen sie in Leierkastenart und
Bänkelsängerton zuerst das klagende:

„O wie dunkel sind die Mauern, - O wie sind die Ketten schwer

O wie lange wird's noch dauern – ist denn keine Hoffnung mehr?

Einen Vater den ich kannte, den ich stets als Vatter nannt.

Eine Mutter die mich liebte, die hat mir der Tod entbannt!

Meine Augen sind wie Federn, meine Wangen das Papier,

meine Tränen sind die Tinte, dass ich schreiben kann an dir!

Holder Jüngling meinst du´s redlich, oder treibest du nur Scherz,

O bedenk es ist gefährlich um ein treues Mädchenerz."

Dann kam die schaurige Mär von den Bauers-
söhnen:

„Es waren einst zwei Bauernsöhn, die wollten in den Krieg reingehn.

Und als Soldaten leben, und als Soldaten le – he - ben!"

Als sie nach vielen Jahren, reich an Beute
heimkehrten, erkennt sie niemand mehr, auch die
Eltern nicht, bei denen der Sohn sich einquartiert.
Die Beute hat aber die Habsucht der Frau erregt
und sie weckt in der Nacht den Mann, und schlägt
ihm vor den Mann zu ermorden. Der Mann weigert
sich, doch die Frau nahm sich des Manns Gewalt
und tät den Reiter ermorden. Als am Morgen der
Kamerad kommt und nach dem Soldaten fragt, da
antwortet sie ihm:

„Er ist geritten sehr weit fort, er ist geritten sehr weit fort,

Ach nein ach nein das kann nicht sein!

Ach nein ach nein das kann nicht sein!

Die Pferde stehn im Stalle drein gesattelt und gezäumet!

Habt ihr ihm etwa ein Leid getan, so habt ihrs eurem Sohn getan

Der in den Krieg gezogen, der in den Krieg gezogen."

Und dann das schaurige Ende, bei dem die Großmutter sich die Augen wischt und der schwarze Kater sich schnurrend an ihrem Fuße reibt:

„Die Mutter starb vor Herzeleid, die Schwester in den Brunnen sprang,

Der Vater in den Stalle ging, und sich an einem Strick aufhing!"

Zuletzt kam das launige Lied von dem Gespräch zwischen Kaiser Wilhelm und Napoleon auf Wilhelmshöhe.
Napoleon bittet flehentlich, Kaiser Wilhelm möge ihm doch erlauben von der Wilhelmshöhe fort in sein schön Frankreich zu gehen. Kaiser Wilhelm zuckt bedauernd die Achseln und bedeutet ihm: „Ja lieber Napoleon, das kann ich nicht sagen, da musst du doch meinen Bismark nach fragen."

Etwas fremdartig und anfangs schwer zu ertragen war den Pfarrersleuten die Bauernhochzeiten, während sie für die Frau Kantor ein Lichtblick, vielleicht der einzige in ihrem arbeitsreichen Leben. *„Den eenen sin Uhl is den andern sin Nachtigall!"* so konnte man da auch wieder mal sagen. Der Kantor war bei den Hochzeiten ganz in seinem Element, als Vorschneider und Vorleger beim Essen war er eigentlich die Hauptperson und gebärdete sich auch dem gemäß. Er besaß einen kleinen Vorrat, von sehr bescheidenen, durchaus nicht mehr neuen, Witzen und Anekdoten die, obgleich immer wieder kehrend, doch ihre Wirkung nie bei den unverwöhnten Zuhörern verfehlten. In der niedrigen einzigen Stube, in deren großen Ofen oder Kamin bereits das ganze Essen gekocht wurde, war der Tisch gedeckt, Teller stand an Teller dicht aneinander, wo nachher die dazu gehörigen Menschen Platz fänden, kümmerte den Tafeldecker ganz und gar nicht. Man saß eben halb aufeinander, dazu Hitze, Fliegen, Tabakqualm – der wirklich nicht von Havannas stammte. Es wurden zwischen jedem Gang Zigaretten herumgereicht und vollständig aufgeraucht, eher durfte das nächste Gericht nicht erscheinen. Auf dem Tische machten sich drei mächtige Gläser mit Bier breit, die bisweilen Reihe um gingen. Zu danken wäre ein arger Verstoß gegen die gute Sitte gewesen, man musste eben trinken nachdem man die Fliegen daraus entfernt hatte. Und dann der Wein! Er wurde den Bauersleuten von den Kaufleuten der Städte für hohes Geld angedreht und schmeckte nach Rosinen und Sprit. Dabei kam die Pfarrfrau aber besser weg. Nach alt hergebrachter Rangordnung saß sie mit der Frau Kantor zur linken des Brautpaares, während der Pfarrer und Kantor zur rechten saßen. Da nun Frau Kantor dem sogenannten Wein mit großem Entzücken zusprach und immer nur ein Glas für zwei Personen vorhanden war, brauchte sie nur manchmal so zu tun als ob sie tränke, für das leer werden der

Gläser sorgte ihre Nachbarin ausreichend um die Gastgeber zufrieden zu stellen. An die Gerichte musste man sich auch erst gewöhnen um sie schmackhaft zu finden, doch gelang es den Pfarrersleuten bis zur Vollkommenheit. Zuerst gab's Hammelbrühe mit wenig Nudeln aber recht viel Fett darauf. Da alles auf kalten Tellern hübsch langsam aufgetragen wurde, so musste man schnell essen, um nicht steifes auf dem Teller zu haben. Dann wurde eine Zigarre geraucht, wobei die Biergläser kreisten. Alsdann folgte Hammelfleisch mit Meerrettich oder Safransoße, Milchreis oder Milchhirse mit Backpflaumen, dann Kartoffeln, Sauce und Salat. Und nach der üblichen Zigarre kam als besonderes Gericht der Fisch, schöne Bleie, aber ohne Sauce und Kartoffeln. Es war erstaunlich, was die Leute bei solcher Gelegenheit für Mengen essen konnten und da die Pfarrersleute nicht dasselbe zu Ehren des jungen Paares zu leisten vermochten, sahen die Braueltern das als große Beleidigung an. Die Brautmutter ging nie mit zur Kirche, erschien auch nicht beim Essen in hochzeitlichen Kleidern. Sie hatte zu kochen. Nur, wenn etwas besonders schön schmeckend gefunden wurde, rief man nach ihr, dann band sie die bereitliegende reine Schürze um und erschien verlegen und glücklich hinter dem Ofen vor und nahm einen Augenblick am Ende der Tafel Platz, wo man ihr einen Stuhl einräumte. Sie aß aber nicht mit, das kam ihr nicht zu, da sie Arbeitszeug anhatte. Sobald das Mahl begonnen hatte stellten sich 1-3 Angehörige, Kinder oder

Dienstboten der Geladenen ein. Sie drückten sich an der Wand entlang oder hockten auf der nie fehlenden Ofenbank. War ein Gang vorbei, so wurde der Teller nochmals von denen die am Tische saßen bis zum Rande gefüllt und den am Ofen wartenden gereicht. Hatten diese sich satt gegessen, so trugen sie das übrige zu den draußen wartenden kleineren Geschwistern oder heim zur Großmutter. „Herr Pfarrer" sagte der Kantor, der stets seine Flügel väterlich über den selben breitete, „ich habe gesorgt. Mein Junge wird ihren Dienstboten von jedem Gericht hintragen." Er hatte vorausgesehen, dass der Pfarrer die Gebräuche nicht kenne und auch zu bescheiden sein würde den Brauch mitzumachen. Das aber wäre eine übel angebrachte Bescheidenheit gewesen und wäre niemals als solche, sondern als eine Verachtung des guten Essens und gröbliche Vernachlässigung der Daheimgebliebenen angesehen worden. So hatte er vorgesorgt. Um 2 begann das Essen, als man um 8 Uhr meinte nicht nur alles nur Mögliche sondern das Unmögliche geleistet zu haben, erschien noch ein Schweinebraten mit Backpflaumen und der Kantor begann den gleich in zwei Pfundstück geschnittenen Braten auf die Teller zu verteilen. Als er den erschrockenen Blick des Pfarrers bemerkte sagte er mit lauter, allen vernehmlicher Stimme, obgleich er neben ihm saß. „Herr Pfarrer: a la maison!" Da der Pfarrer schon öfter einige Proben von dem französisch des Kantors kennen gelernt hatte, war er sofort imstande den tiefen Sinn der

Worte zu fassen und nickte ihm verstehend zu. Diese stumme Verwunderung und wie der Kantor in ihren Augen wuchs, (und nicht minder in seinen selbst!) Er konnte sich mit dem Pastor in einer Sprache verständigen von der die Bauern nichts verstanden! Er versäumte es fortan nie, dem Pfarrer bei jeder möglichen Gelegenheit in Gegenwart anderer ein Wort „entre nous" zuzurufen. Als er dahinter kam, das auch die Pfarrfrau zu den Wissenden gehöre, redete er sie von da an auch in der dritten Person Mehrzahl an. Sonst gehörten die „Frauensleute" bei ihm noch nicht einmal zu der verachteten Klasse der „Halbwisser". Er stand so mit den Pfarrersleuten turmhoch über den anderen und pflegte gelegentlich empört zu sagen: „Was der Mann will mitreden? Der ist ja in der Schule nicht mal bis zum großen „D" gekommen!" wenn einer der Bauern eine ihm bequeme Meinung geäußert hatte. „Das ist auch nur ein Halbwisser!" So wusste er von jedem zu sagen bis zu welchem Buchstaben er es in der Schule gebracht hatte. Beim Nachhauseweg von den Hochzeiten ließ er es sich niemals nehmen den großen Korb (den jeder mitbringen musste) mit dem letzten „a la maison" Gericht zu tragen. Die Pfarrersleute hatten genug an dem Kuchen zu schleppen den jeder Hochzeitsgast mitbekam. Zwei riesige Brote von Weizenmehl mit einem sonderbaren Gewürz. Vor dem letzten Gang gingen zwei Teller reihum, auf dem einen lag ein Kränzchen aus Stroh, auf dem anderen etwas Salz. Auf diese tat man das

Trinkgeld für Köchin und Aufwäscherin. Stets fanden die Hochzeiten am Freitag statt. Am Sonnabend wurde weitergefeiert und Sonntag begab sich die ganze Gesellschaft in die Kirche, die junge Frau mit einer Haube auf dem Kopfe. Nachmittag reisten die Gäste ab. Die junge Frau aber blieb oft noch Monate im Elternhaus bis die Feldarbeit des Jahres getan war und der junge Ehemann zog einsam seines Weges.

Mit Fahrgelegenheiten ist es schlecht bestellt im Dörflein. Das Fahrrad, auf dem der heurige Pfarrer das Knödelland durchfliegt, war noch nicht erfunden, wäre auch nicht viel nütze gewesen auf den Wegen, denn Chausseen hatte man anno dazumal dort auch nicht. Lohnkutscher kannte man nicht mal dem Namen nach und so musste man schon sehen für Geld und gute Worte ein Bauernfuhrwerk zu bekommen. An Schnelligkeit und Schönheit ließ solch ein Fuhrwerk allerdings zu wünschen übrig – aber es war nun mal nicht anders. Auf Schönheit konnte man verzichten und die Zeit war im Knödelland nicht so knapp bemessen wie in der Hauptstadt, wo jeder rennen muss, als ginge es ums Leben. Einen besonderen Wagen für Ausfahrten gab's nicht, in den Leiterwagen, den man zu aller Feldarbeit brauchte, wurde ein Wagenkorb gestellt, eine sogenannte Flechte, die aus zwei Teilen besteht und je nach Bedarf enger oder weiter auseinander geschoben wurde. Alsdann kamen feste Haussäcke herein, die mit selbstgewirkten Decken überdeckt geschmückt wurden, unten aber wurde eine ordentliche Menge Stroh geschüttet damit man schön warm saß. Auch auf die Schlittenkufen wurden solche Flechten aufgesetzt. DA ist es dann unserem lieben Freunde im Nachbardorf passiert, dass er in bitterkaltem Winter bei hohem Schnee zu einer Taufe über Land geholt wurde. Mitten im dichten verschneiten Wald löste sich die Verbindung der beiden Flechten und die hintere Flechte in der der Pfarrer saß rutschte langsam vom Schlitten herunter in den dicht verschneiten Waldweg. Der Fahrer merkte es nicht und hörte auch das rufen nicht, da er den Kragen des Pelzes hochgeschlagen und außerdem einen dicken Schal um den Kopf gewickelt hatte. Was tun? Einzuholen war der Schlitten nicht zu Fuß, der Schnee lag Knietief. In der Flechte in Stroh und in Pelz verpackt saß es sich ganz warm. So zog der fröhliche und gelassene Mann sich Tabak und Streichholz aus der Tasche und vertrieb sich die Zeit in dem schönen Winterwald auf seine behagliche Weise, sich sagend: „Ohne mich können sie nicht gut taufen, also müssen sie mich eben holen, wenn sie sehen dass ich nicht vorhanden bin und ich mache mir nicht völlig zwecklos nasse Beine. Es war allerdings des Staunens kein Ende, als der Schlitten vor dem Schulhaus vorfuhr und der Kutscher und die Taufgesellschaft feststellen mussten, das der Pfarrer unterwegs verloren gegangen war! So machte man denn kehrt und fuhr zurück überall nach einem in Schnee versinkenden Wanderer ausschauend und fand mitten im Wald den behaglich schmauchenden Pfarrer in seiner Flechte! Man fuhr in der Gegend stets nur mit einem Pferde an die eine Seite der Deichsel gespannt, die andere blieb leer. Das sah gar hässlich und unvollständig aus. Man gewöhnte sich aber an den Anblick da man ihn überall im Knödelland widerfand. Zur Arbeit spannte man dort wohl auch die Kuh mit dem Pferd zusammen vor. Ein Kunststück dünkte es den Pfarrersleuten zuerst einen solchen Wagen zu besteigen, da keinerlei Vorrichtung dazu vorhanden war. Über das Rad zu klettern schien gewagt, das Pferd konnte anrücken und vorn über die Stränge hinweg so dicht hinter dem Pferd das war auch nicht ratsam. Doch bald lernte man sich wie die Einheimischen mit einem Schwung hineinzuschaffen und auf dem Rand des Wagens tretend mit einem kühnen Sprung von oben wieder herabzuspringen. Den Städtern die zu Besuch kamen erschien diese Art Auf- und Abstieg unheimlich und gefährlich und ächzend und jammernd quälten sie sich, es auf eine andere Weise zu bewerkstelligen. Mit Hilfe der Gastgeber, des Kutschers und anderer hilfreicher Zuschauer die von oben zogen und von unten nachschoben plumste der bedauernswerte Gast schließlich in das Stroh des Wagens, sich höflich bei den freundlichen Nothelfern bedankend und sich schwörend, sich nie wieder in die Gefahr zu begeben einen so verstrickten Wagen zu erklettern. Und doch hatte diese Art Wagen auch sein Gutes wie alles in der Welt. Ja, es war sogar in einer Hinsicht die Art Wagen, die man hätte haben können. Die Pfarrfrau konnte sich nicht dazu entschließen, das Kind dem Mädchen zu überlassen, besonders da die Fahrten stets einen halben Tag und noch die halbe Nacht in Anspruch nahmen, war man doch zwei, drei ja fünf Stunden unterwegs – sowohl hin als auch zurück – um das Ziel zu erreichen! So wurde denn der größte Waschkorb mit Betten gefüllt, das Kindlein schön warm darin verpackt, und in den Raum gestellt, der hinter dem Sitzsack frei blieb. Der Korb füllte den Raum gerade aus, so stand er fest und sicher, wurde gegen Sonne und Regen mit einem Schirm überspannt und das Geräusch und das Schaukeln brachte das Kleine bald in Schlaf. Am Ziele angekommen wurde der Korb ins Haus getragen und erst im warmen Zimmer das Kindlein herausgeschält. Sein Spielzeug und auch sein Nachtzeug lagen unten im Korb. Das Kindlein spielte vergnügt bis seine gewohnte Schlafenszeit heran war. Dann kam es in den Korb und schlief alsbald ruhig und fest wie daheim in seinem Bettchen. Ging es aber an die Heimfahrt, so wurde das schlafende Kindlein in seinem Korb auf den Wagen gehoben und erwachte erst am nächsten Morgen, nicht ahnend, dass es in der Nacht – oft in Schnee und Eis, Kälte und Regen einen Weg von vielen Meilen zurückgelegt hatte. So wurden die Kinder schon von der sechsten Woche ihres an – als Wickelkind – mitgeführt und es hat ihnen niemals etwas geschadet – die Mutter war beruhigt – und für die Gastgeber war es immer ein

Vergnügen, wenn die kleinen Gäste aus der Tiefe des Wagens so frisch und warm auftauchten. Der Pfarrer war etwas Schwarzseher und hatte die Neigung, alles von der schwersten Seite zu nehmen. Seine Frau war jung und hatte sich noch für keine Seite entschieden. Sie dachte, man könne ja abwarten was das Leben bringen werde. Da sie nun sah wie leicht ihr Eheherr bei jeder Gelegenheit den Kopf hängen ließ entschied sie sich dahin, dass es geraten sei das Gegengewicht zu halten, den Kopf oben zu behalten und in allem etwas Gutes zu finden. Sie hatte ohnehin schon eingesehen, dass es unpraktisch sei aus der Haut zu fahren, denn man muss notwendig wieder hinein was durchaus nicht pläsierlich ist, und auch die Haut recht angreift, die doch fürs ganze Leben ausreichen muss. Es ist ihr die Auffassung all ihr Leben lang von großem Nutzen gewesen, die jährigen haben sich gut dabei gestanden und es wäre allen Pfarr- und sonstigen Frauen nur zu raten es ebenso zu machen. Es findet sich wirklich in allem was einem begegnet etwas Gutes, sofern man es sucht, recht sucht und es zu finden weiß. Die Pfarrfrau kann´s beweisen, sie hat es in einem langen Leben erprobt.

Einmal glaubte ihr Eheherr sicher sie würde mit ihrer Lebensanschauung in die Brüche kommen und nichts zu Antworten wissen, und dass kam so: Es galt wieder einmal nach dem geliebten Z... zu Onkel Oberpfarrer und des Pfarrers lieben Cousinen zu fahren. Füchslein war noch nicht, der Wagen war bestellt, am frühen Morgen wollte man fahren, aber der Himmel war bezogen und ein feiner Regen fiel. Zu Hause bleiben, wenn man nach Z... gewollt hatte? Undenkbar! Es würde sich schon aufklären. So wurde gefahren. Das Söhnlein im Steckkissen in den Waschkorb gepackt, dem Töchterlein eine große „Mollschürze" mit langen Ärmeln über das weiße Kleid gezogen für Unterwegs und los ging's. Aber die Hoffnung trog, es bildete sich ein Landregen bester Art heraus. Der Weg war grundlos und wurde es je länger je mehr. Die Traufen der Regenschirme wurden mit der Zeit zu Bächlein die dem anderen in den Kragen liefen. Sobald man sich bewegte ergossen sich die Bäche auf die Sitzsäcke, durchweichten diese der Gestalt, dass man ohne Mühe ein Sitzbad nehmen konnte. Sie durchweichten das Stroh (denn an ein Wagenleder war nicht zu denken!), sie liefen um die Betten des Wickelkindes herum und durchnässten es bis auf die Haut. Als nach fünfstündiger Fahrt (in langsamstem Tempo) endlich die geliebte Stadt in Sicht kam, ging der Spannnagel verloren als es bergab ging. Die Deichsel fuhr heraus und der Wagen schoss seitwärts, schlug aber zum Glück nicht um, was sonst stets dabei zu geschehen pflegte. Es verging eine geraume Zeit, ehe der Wagen wieder flott wurde und den Pfarrherrn fing nun doch an die Geduld knapp zu werden. So fragte er seine Frau denn: „Kannst du mir vielleicht sagen, was an diesem Regen Gutes ist?" Sie hatte sich diese Frage längst selbst vorgelegt und antwortete vergnüglich: „ Dass es nicht Teer und Sirup ist, was herabkommt, sondern reines Wasser!" Das war nicht zu leugnen und hatte noch das Gute das die Antwort dem durchnässten Oberhaupt die gute Laune wiederbrachte. Die lieben Verwandten waren nicht wenig entsetzt als sie das triefende Gefährt und noch mehr als sie das durchnässte Baby erblickten! Es wurden schnell Bolzen gemacht und alles was Groß und Klein am Leibe hatte trocken geplättet und alles was sich nicht so einfach trocknen ließ durch Sachen der Familie ersetzt. Und nun war bald alle Nässe und alles Unbehagen der Fahrt vergessen denn man war ja in Z...! O diese Fahrten nach Z...! Kam man auch durchnässt oder eiskalt von Winterfahrten dort an und kehrte oft buchstäblich erst bei „Nacht und Nebel" zurück – alles war unwichtig, wenn es galt dieses Haus aufzusuchen. Wer jemals dort einkehrt, sei es im alten Pfarrhaus, sei es später im "Burglehen" (dem Ruhesitz des Oberpfarrers), kam er als Freund, Verwandter, oder Fremder, es erging ihm wie dem Schiffer, der die Zinnen von Vineta gesehen hat: „Nach der selben Stadt schifft er immer." Dort atmet alles Frieden, Wohlwollen und Wohlbehagen, die Töchter waren eins mit den Eltern und wandelten auf einem Wege jedes für den anderen besorgt, keins an sich denkend. Wie war die mühseligste Fahrt im Umsehen vergessen sobald das liebe Haus in Sicht kam! Wie wurde man da bedauert, gehätschelt, gewärmt und gefüttert und fühlte doch nicht mehr die Kälte, noch

Ermüdung sobald man die Schwelle übertreten hatte. Es geschah ja nur zu oft, dass gerade zu einer Fahrt nach Z... sich Regen einstellte und die gute Cousine Marie verewigte diese Tatsache einmal mit launigen Versen, die also endeten:

> *„Doch wenn es wie aus Mollen gießt*
> *dann dürfen wir doch hoffen!*
> *Dann halten wir die Arme weit*
> *für Franz und Agnes offen!"*

Ja, die Arme hielten sie offen für groß und klein, für alt und jung – ihre Sonne schien wahrlich über „Gerechte und Ungerechte." Kein lautes oder hässliches Wort war je dort zu hören und beständig kamen Leute die Rat und Hilfe brauchten in Leibes oder Seelennöten und keins ging unbefriedigt und ungetröstet fort. Man durfte dort alles mit hinbringen, und so kam auch der August eines Tages mit. Da war es nun das erste dass ihm Hemden angemessen und ein Paar derbe Schuh gekauft wurden. Sie wussten ja immer am rechten Fleck zuzugreifen und zu helfen, die lieben Cousinen! Der August war unendlich stolz auf die neuen Schuhe und als er gefragt wurde: „na, was wird denn aber die gnädige Frau (die Gutsherrin) sagen, wenn sie die Schuhe sieht?" antwortete er voller Stolz: *„Hoan wed se se welln!"* So bewundernswert erschienen sie ihm.

Und nicht nur die Menschen die das Pfarrhaus betraten, wurden aufs umfassende betreut und versorgt, die Fürsorge erstreckte sich noch weiter. Selbst der große Bernhardiner, den der Neffe mit in die Ferien brachte, bekam über sein Lager ein großes ausrangiertes Laken gebreitet und nicht etwa, weil er ein vornehmer Bernhardiner war, nein der gemeinste Dorfköter würde ebenso aufgenommen worden sein. Ein Soldat der dort in Quartier gelegen hatte , ließ noch nach vielen Jahren die Bewohner des Pfarrhauses grüßen – „den Namen habe er vergessen aber das Quartier werde er im ganzen Leben nicht vergessen." Wie viel Segen ist aus diesem Pfarrhause geflossen – dies erfahren haben, Wissens! Nun sollte sich noch ein Familienzuwachs einstellen der nicht allen Teilen gleich willkommen war. Etliche Pfarrer die ihr Land selbst bestellten, hatten eigenes Fuhrwerk. Es erschien dem Pfarrer nun auch ergötzlich wenn er es auch so gehabt hätte. Wenn man sich auch ohne Wirtschaft keinen Kutscher halten konnte – ein Pferd war doch am Ende erschwinglich. Die Fuhren kosteten jährlich einen guten Teil. Das Heu für das Rösslein fand man im Garten. Wozu brauchte man einen Kutscher? Das konnte man selbst besorgen auch wuchs ja der August heran und konnte vom Kinderjungen zum Pferdejungen avancieren. Das Pferd müsste freilich Fahr und Reitpferd zugleich sein, denn der Pfarrer wollte des Sonntags zum Filial reiten. Die Pfarrfrau sah zwar mit einigem Entsetzen der neuen Arbeitsvermehrung entgegen und erklärte: sie wolle dann aber auch elegant fahren und nicht im Bauernwagen. Sie glaubte, ihr sparsamer Mann würde die große Ausgabe scheuen, die ein Kutschwagen ausmachte. War er doch allezeit bestrebt Geld zu sparen, um seine Familie zu versorgen in künftigen Zeiten. Diesmal war aber die Spekulation auf diese Sparsamkeit verfehlt. Er fuhr zur Stadt und kaufte tatsächlich einen hübschen Wagen und kam strahlend damit an. Leider hatte er sich aber von dem Fabrikanten übers Ohr hauen lassen, da er nichts davon verstand – der Wagen spurte nicht, auch erwies sich solch Wagen als ganz unbrauchbar auf den unmöglichen Wegen. So wurde denn ein billiger Wagen angeschafft und eine Polsterbank dazu bestellt, die noch heut der Familie als Ofenbank dient. Der neue Wagen hatte eine Schere und wurde nicht richtig eingespannt, so dass das Pferd bei einer Fahrt über Land, wo die Wege oft steil bergauf und bergab führten bei jedem Abhang durchging, weil ihm der Wagen in die Hacken schlug. So war es gut, dass das Füchslein kein arabisch Vollblut war, sondern die erste Jugendblüte schon hinter sich hatte. Gut geputzt und gezäumt, nahm es sich mit seiner aparten Farbe recht stattlich aus und der Pfarrer saß gut zu Pferde, obgleich er früher nie eins bestiegen hatte und die braune Schabracke, sah gut aus zu dem schwarzen Rock und dem blonden Haar. Er wollte aber doch einigen Unterricht in der edlen Kunst des Reitens nehmen und ging in Frankfurt zu einem Stallmeister. „Es ist doch ein geschultes Reitpferd? Nein, es ist ein Bauernpferd und soll zum Reiten und Fahren benutzt werden. Nun Herr dann nutzt aller Unterricht nichts, ein solches Pferd achtet nicht auf Schenkeldruck und dergleichen! Ich gebe ihnen einige gute Ratschläge und sie versuchen auf gut Glück mit dem Tier fertig zu werden!" Es musste also gut gehen! Aber Sporen mussten sein. Die Pfarrfrau sollte sie mitbringen. „Sporen? Für einen Offizier? Nein! Für einen Landwirt? Nein? Nun für welchen Beruf denn?" Die Pfarrfrau hatte nicht gewusst, dass jeder Beruf seine eigenen Sporen hat, liebte auch unnütze Fragerei nicht, sie sagte kurz: „Für einen Pfarrer! Sagten sie Pfarrer! Ja Pfarrer! Sporen? Sagten sie Sporen? Ja! Sporen für einen Pfarrer, nein bedaure die haben wir nicht!" So wurden denn Sporen für einen Landwirt genommen.

Das Füchslein erwies sich als sehr schwierig, als es nun nicht einen Wagen ziehen sollte sondern zum Reitpferd avancieren sollte. Es ging anfangs rückwärts in jeden Zaun hinein, statt den Reiter seinen Zielen entgegen zu tragen. Da es aber im Grunde von vernünftiger Natur war, so fand es sich wie ein brauchbares Tier! Freilich hatte es die Gewohnheit, vor unerwarteten Dingen zu scheuen. So ist es denn mehrere Male geschehen, dass es einmal vor einem zischenden Gänserich, ein anderes Mal vor einer großen Pfütze plötzlich mit einem Ruck Halt machte und der wie immer in Gedanken versunkene Pfarrer zu suchen war, der ihnen dann zwar arg zugerichtet aber mit heilen Gliedern entgegen kam. Auch ist es häufiger vorgekommen, dass er Angespannt auf die Familie wartete und ihm des Wartens zu viel wurde und er sich mit seinem Wagen allein auf die Heimreise machte. Einmal auch in einer recht kalten

Winternacht, doch haben ihn da zwei des Weges kommende Bauern erkannt, als den Fuchs vom Pastorhaus und ihn stracks zurückgeführt. Der Fuchs musste Bewegung haben, da er nun einmal da war, und so musste öfter eine Spazierfahrt in den nahen, meilenweiten Buchenwald gemacht werden die kein allzu großes Opfer war – wenn nicht das an Zeit. Einmal freilich, hätte solche Fahrt etwas anderes kosten können als Zeit. Der Pfarrer fuhr im Frühling einen schönen Waldweg entlang, unterhielt sich mit seiner Frau und hatte nicht acht auf den Weg gegeben. Plötzlich schlugen die Vorderräder des Wagens mit voller Wucht in ein tiefes Loch, dass er vornüber heraus geschleudert wurde. Er blieb mit einem Bein in der Schere hängen und fiel mit dem Oberkörper unter das eine Vorderrad, das den Ärmel des Überziehers festklemmte, sodass er sich nicht befreien konnte. Füchslein, so klug er sonst war, wusste davon nichts und trottete ruhig weiter. Der Pfarrer diente mit seinem Körper als Hemmschuh, er wurde von dem Rade sowohl vorwärts geschoben als auch am Ärmel festgehalten, sodass das Pferd nicht treten konnte. Allzu schnell war das Tempo ja nicht, aber der Morast war Schuhtief, wenn auch weich als Lager! Der Frau Pfarrer im Wagen war die Geschichte aber doch ein wenig ängstlich. Konnte nicht der Weg wieder besser werden und der an Hindernisse gewöhnte Fuchs sich trotz der Hemmung bestreben eine schnellere Gangart anzuschlagen. Die Leine schleifte an der Erde und auf ihr rufen: „steh doch! Halt doch!" reagierte der

Fuchs nicht. So sprang sie auf die erhöhte Rasenkannte am Wegrand und rannte auf der Kannte balancierend dem Pferde voran und fasste es am Zügel. Ein einziges Wörtchen, „Brr", hätte den selben Dienst getan, aber gerade dies war ihr nicht eingefallen! Wie oft fehlt`s eben doch im Leben an dem richtigen Wort. An einem rechten Wort zur rechten Zeit! Nun Galts den Eheherrn zu erlösen. Der Fuß war bald aus der Schere und dem Strange befreit, aber der Arm! Die Räder standen tief im Morast und unter dem einen der lose Teil des Ärmels! Es war das einfachste, er kroch aus dem Ärmel heraus. Das gelang dann auch mit einiger Mühe, aber wie sah der Überzieher aus! Und wie sah der Pastor aus! Geschehen war ihm kein Leid, aber die Haare. Der sonst immer blütenweiße Kragen, die Mütze die das Pferd in den Morast getreten hatte. Die Leute die kamen sahen, verwundert weidlich, wie man sich beim Fahren so bespritzen könne! Der Weg, war ein Holzweg gewesen der im Frühjahr ganz unbenutzbar ist. Nur wer einen solchen Holzweg kennt, kann sich eine Vorstellung von der Grundlosigkeit eines solchen machen, doch denke ich, es ist schon manch einer auf „dem Holzwege" gewesen, manch großer Gelehrter und Staatsmann sogar und hat es zu seinem eigenen Schaden oder dem der Staatskarosse, die er zu lenken hatte, einsehen müssen. Er wäre froh gewesen, wenn er mit dem Schrecken und einem beschmutzten Mantel davon gekommen wäre. Unser Füchslein war kein arabisch Vollblut, ach nein, die erste

Jugendblüte hatte es zweifellos hinter sich, aber ein feuriges Ross hätte man auch gar nicht brauchen können. Es hatte eine aparte Farbe und gut geputzt und gezäumt nahm es sich ganz stattlich aus. Der Pfarrer saß. Das Söhnlein des Kantors im Filial hat freilich an dem guten Rösslein die erste Enttäuschung seines Lebens erlebt. Es hatte die Eltern erzählen hören dass der Pastor sich einen Fuchs gekauft habe und nun geritten komme. Ein Fuchs? Nun den hatte der Junge schon gesehen. Jüngst im Walde hatte der Vater ihm einen gezeigt, er hatte das kleine rötliche Tier gut sehen können. Und nun sollte der Pfarrer auf einem solchen daher geritten kommen? Wie würde er das machen? Stand er etwa auf dem Rücken des Tieres wie die Kunstreiter in seinem Bilderbuch? Oder saß er darauf, wie der Inspektor? Wo bleiben aber dann die Beine des Pastors? Schleiften sie im Sand oder hielt er sie waagerecht? Am Tage darauf stand der Kleine am Fenster auf den Pastor wartend, den sein Fuchs hertragen sollte. Als er nun endlich, endlich kam, da rief er schwer enttäuscht. Der Pastor reitet ja auf seinem Pferd! Es ist aber nicht die einzige Enttäuschung in seinem Leben gewesen. Eine Station der Märkisch Posener Bahn hieß Wutschdorf. Da war nun der glühende Wunsch des Kleinen einmal nur dorthin zu kommen. Eines Tages nun nahm ihn der Vater dorthin mit. Als er das Dorf wieder verlassen sollte, fing er bitterlich an zu weinen. Er hatte verstanden, das Dorf hieße Wurschtdorf und da er für Wurst sein Leben gelassen hätte, hatte er geglaubt, das man in Wutschdorf an allen Ecken und Enden mit Wurst empfangen und entlassen würde, und nun hatte er nicht eine Einzige zu sehen gekriegt.

Gar liebe Menschen waren in der Nachbarschaft unter dem Pfarrherrn. Doch war das Wort Nachbarschaft im Knödellande ein weitgehender Begriff. Die Dörfer lagen gar weit voneinander entfernt und die Entfernungen hatte, wie der Volksmund sagt: "der Fuchs gemessen." Was man mit einer Meile bezeichnet fand, waren meist gut eine und eine halbe Meile. Wie einzig hübsch waren die Fahrten mit Kind und Kegel am frühen Morgen zum Pastor Z. Oder auch am späten Abend, wenn die Kindlein schliefen! Man kam um 9 Uhr dort an und fuhr um Mitternacht fort, um in der dritten Morgenstunde zu Hause einzutreffen. Es lässt sich nichts lieberes und hübscheres, nichts herzlicheres denken, als wenn ein Landpastor den anderen „überfällt"!

Ein treuer Freund war unser Nachbar der Pastor K. Ein stattlicher Herr, durch Kränklichkeit früh ergraut, eine würdige Erscheinung in schwarzem Samtkäppchen und seine gutherzige, kleine, rundliche Frau. Sie waren gut zu Fuß und machten den Weg auf „Schusters Rappen". In des Morgens frühe ausgehend. Die Herren begaben sich alsbald in die tabakduftende Studierstube und vertieften sich in die Theologien, während die Frau sich zu der Wirtin in die Küche setzte noch etwas Kartoffeln schälen und Gemüse zurichten zu helfen. Denn es war „Gesetz", dass bei solchen Überfällen nichts am bestimmten Mittagsbrot geändert werden durfte. Nach dem Essen suchte man sich Ruheplätze, angeblich um zu schlafen, doch des Plauderns war kein Ende. Der Kaffeetisch vereinte dann alle wieder. Während die Mutter die Kinder zu Bett brachte, schirrte der Pfarrherr das Rösslein. Die Frauen setzten sich auf den Wagen und kutschierten selbst während die Männer nebenherliefen. Im Heimatdorf der lieben Gäste schirrte man aus und es wurde dann schwerlich vor zehn Uhr der Rückweg angetreten. Nach dem Monde fragte niemand. Im Walde war`s oft so stockdunkel, dass man das Pferd vorm Wagen nicht sehen konnte, das tat aber nichts. Man ließ dann eben die Leine lose hängen und das Pferd fand den Weg ganz allein. Laterne oder Streichhölzer führte man nicht mit und kam man auch oft mal in Gefahr, so kam man doch stets ohne Schaden davon. Der Pfarrherr kannte keine Furcht und seine Frau hatte es auch nicht von Ihrem Vater gelernt, sich unnütz zu ängstigen. Einmal allerdings wollte sie es versuchen, als Ihr Mann mit der Ältesten zur Stadt gefahren war, bei guter Zeit zurück sein wollte, und Stunde um Stunde verging ohne dass der sehnlich erwartete Wagen zu hören war. Es war elf Uhr geworden und sie legte sich aufs Sofa und beschloss sich um 12 Uhr ängstigen zu wollen . Darüber schlief sie ein und erwachte davon, dass der Wagen in den Hof rollte! Das war der einzige Versuch gewesen den sie gemacht hatte wenn etwas daraus geworden wäre!

Und die lieben Pfarrersleute Z. Wie gern fuhr man dort hin! Der Storch musste wohl Witterung davon erhalten haben, dass man im Pfarrhaus in S... die Mädels ebenso willkommen hieß, als die Buben – so brachte er keinen zweiten dorthin, sondern trug die kostbaren, vielbegehrten Buben einige Meilen weiter und setzte im Pfarrhaus des lieben Pastor Z. gleich deren fünf ab. Da war dann jedesmal großer Jubel und als er das sechste Mal gleich einen Buben und ein Mägdelein brachte, war der Jubel zweifach, denn man musste sich doch über jedes extra freuen. Der Storch wurde denn auch diesmal höflich gebeten, wie immer, doch ja im Frühjahr wenn´s sein könne, spätestens im übernächsten Jahre wieder zu kommen, es sei noch Raum da. Das fand er denn aber doch ein wenig zu unverschämt, wenn jemand schon sieben mal bedient worden sei. Nein, andere wollten auch was haben. Er wandte den unbescheidenen Leuten kalt den Rücken zu und sie mussten sich wohl oder übel mit ihren sieben begnügen. Sie waren alle im Alter hübsch nahe beieinander, die sieben, und wenn die liebe Mutter ihre „Würmlein" ins Bett brachte, so konnte sie wohl das Wiegenliedlein von Leander singen:

„Schlaft nun alle zusammen ein, meine sieben Kinderlein".

Sie hat zwar lange noch nach dem Storch ausgeschaut, hat sich aber damit getröstet, dass manch einer ja mit weniger zufrieden sein muss.

Sie war das Ideal einer deutschen Hausfrau, Ehefrau, Pfarrfrau und Mutter, und die Pfarrfrau aus dem Knödellande hat immer bewundernd zu ihr aufgeschaut und ist sich recht klein dagegen vorgekommen! Aus all ihren Pfarrersbuben ist denn auch etwas Rechtes geworden, was aber zum Teil auch der Verdienst des Vaters war. Er stand seiner Frau in allem treulich bei und sobald die Kindlein auch nur eben kriechen konnten nahm er sich ihrer an, lehrte sie wie man den schmalen Steg der über das Wässerchen im Garten führte auch kriechend überwinden kann, solange es mit dem laufen noch nicht gehe.. Er stellte sich auf die Füße und zeigte ihnen, wie schön es sich auf Zäunen reiten lasse und wie man sie erklettern könne und welchen Vorteil es gewähre, wenn man verstehe auf Bäume zu klettern. So kam´s, dass man die Pfarrerskinder in einem Alter, wo sie sonst der Mutter noch nicht von der Schürze gehen auf Strohdächern herum klettern und aus dem Schornstein der Waschküche gucken sah, in den sie eine Leiter gestellt hatten. Zu verwundern ist es bei dieser guten Anleitung, dass keins der Kinder die Künstlerlaufbahn eingeschlagen hat und Akrobat geworden ist! Es konnte wohl vorkommen, dass später einmal der Kessel in der Waschküche nicht brennen wollte und es stellte sich nach langem Suchen heraus, dass der Schornstein mit einigen alten Säcken zustopft war. Auch stiegen die zu den Ferien heimkehrenden Jungen, als sie am späten Abend alles schlafend fanden, durch das kleine Fensterchen des Taubenschlages ins Haus, legten sich in die unbezogenen Betten und gingen auf dem selben Wege bei Tagesanbruch baden. Als man im Pfarrhaus erwachte, fand sich die Leiter angestellt am Giebel und im Zimmer der Jungen alles zerwühlt, so dass man im ersten Schreck Einbrecher vermutete, die damals die Pfarrhäuser besonders gern besuchten! Erst der Einzug der der Feriengäste klärte alles auf! Der Vater hat sie aber nicht nur gelehrt Bäume und Dächer zu erklettern, er lehrte sie auch frühzeitig die ersten Stufen des Wissens zu erklimmen und der Erfolg war auch darin ebenso sichtbar. Es ist aus allen etwas Rechtes geworden!

An Arbeit fehlte es nicht, im Pfarrhaus wurde, bis auf den Teil in dem Gemüse gezogen wurde, vom Pfarrherrn in Gemeinschaft mit dem Gutsgärtner parkartig angelegt. Eine große silberne Kugel prangte inmitten der Blumenbeete, um den riesigen alten Birnbaum zog sich eine Bank und lud zum sitzen und genießen. Leider fehlte aber dazu eben die Zeit, denn der Garten musste gepflegt werden und es war des Pfarrers Stolz, dass es nicht nur der schönste sondern auch der am besten gehaltene im Knödellande sein sollte. Arme Leute, die so arm gewesen wären dass sie sich etwas hätten verdienen müssen gab´s nicht. Das eben konfirmierte Mädchen leistete nichts – so mussten der Pfarrer und seine Frau alles selbst angreifen, ihr Gemüseland selbst bebauen und ihr Brot wie die ersten Eltern des Menschengeschlechts im

Schweiße ihres Angesichts essen. Man nimmt wenigstens an, dass sie das taten, denn es steht nirgends zu lesen, dass sie sich Knecht oder Magd gehalten hätten! Es werden dieselben schon damals nicht viel getaugt haben und viel Lohn beansprucht haben, und Adam hatte wohl nicht viel Erbarmen! Er hatte bei der Wahl seiner Gattin nicht auf Geld und Gut gesehen, sondern das er ein treues Herz gewinne und eine gute Wirtin für seinen Hausstand. Und zu spät war er hinter die Wahrheit des Sprichwortes gekommen: „Wer nichts erheiratet oder ererbt, der bleibt ein armes Luder bis das er sterbt!" Denn mit dem Erben war´s auch nicht, wie männiglich weiß und kann sich jederzeit, in den heiligen Stand der Ehe zu treten gedenkt, ein warnendes Beispiel nehmen kann, denn Adam ist gestorben, ohne seinen Kindern auch nur einen einzigen Pfennig zu hinterlassen! Irgend eine Hilfe also sollte herbeigeschafft werden. Vielleicht eine Stütze? Der Pfarrherr kannte, als er sich nach einer solchen umtat noch nicht die eigentliche Bedeutung dieses, Wortes die lautet: „Unter Stütze versteht man eine Person, die gestützt werden muss." Er hat es auch erst bei der Zweiten und Dritten erfahren, denn mit der Ersten hatte er kein Glück. Er fand eines Tages, dass man in einem Pensionat für eine 16jährige Engländerin, Aufenthalt in einer deutschen Familie suchte. Sie beabsichtigte, sich im Hause nützlich zu machen gegen Erteilung französisch Unterrichts und Erlernung der deutschen Sprache. Das gefiel dem Pfarrherrn und schien Ihm gerade das Rechte für seine Frau. Er stellte ihr das so schön wie möglich dar: „Wie sie nicht sowohl durch Erteilung des französischen Unterrichts ihre Kenntnisse des französischen wieder auffrischen könne, als durch tägliches englisch sprechen sich in dieser Sprache vervollkommnen könne. Außerdem habe sie eine Hilfe in der Wirtschaft und eine junge Gesellschafterin. Kurz, es waren unendliche Vorteile dabei in Aussicht. Die Pfarrfrau schrieb denn auch und fühlte sich im Grunde recht erleichtert, als wochenlang keine Antwort kam, denn ihr war die Sache nicht so verlockend erschienen, wie ihrem Eheherren. Aber, O Schrecken! Eines Tages kam ein Brief aus England, wohin man den ihren gesandt hatte. Des Inhalts: Die 16 jährige zur Zeit in Deutschland weilende sei schon vergeben, doch da die Töchter vorhanden seien, so werde in den nächsten Tagen eine 19 jährige von England absegeln. Zu ändern war da nichts, denn ehe die Absage hinkam, so schwamm die Dame schon auf dem Land. Aber eine erwachsene Dame – aus England – zur Hilfe in einem Pfarrhause im Knödelland?! Zum Überfluss kam noch von unterwegs von dem jungen Mädchen eine Karte, dass sie in der Stadt Schwiebus aussteigen und dort übernachten werde und am Ostersonntag mit einem Wagen dort abgeholt zu werden wünsche. So habe ihr ein Herr unterwegs geraten. Das war nun ein Unding! Sie musste bei diesem Plan am Sonnabend die Station passieren, die ihrem Bestimmungsort am nächsten lag – das heißt eine und eine halbe Meile entfernt.

Und am Ostermorgen, sie aus der viel weiter entfernten Stadt abzuholen war gar nicht denkbar, was hätte die Gemeinde davon denken sollen, wenn der Pastor am Ostermorgen Pferd und Wagen in Anspruch nehmen wollte, sich Besuch abzuholen! Telegraphieren war ausgeschlossen da die Dame ja unterwegs war! Guter Rat war also teuer, aber die Pfarrfrau wusste sich zu helfen. Das hatte sie von Ihrem Vater gelernt, der nichts weniger vertragen konnte als wenn jemand dastand und sich nicht zu helfen wusste! Sie fuhr zu dem Zuge, mit dem die Engländerin vorbeizusausen gedachte, nach der nächsten Station und sagte dem ebenso freundlichen als gefälligen Stationsvorsteher: „Herr Inspektor, hier in dem nächsten Zuge sitzt eine Dame die kein Wort deutsch versteht, Sie will nach Schwiebus fahren und morgen von dort geholt werden. Das geht aber nicht. Bitte schaffen sie mir die Dame heraus mit allem was dazu gehört!" Der Herr war sofort zu diesem Liebesdienst bereit und erbot sich alles was auf eine deutsche Anrede keine Antwort gab an die Luft zu setzen, damit die Frau Pfarrer die Wahl habe und sich die Richtige aussuchen könne, er meinte, es könne ja auch eine Polin drin sein und es wäre doch ein schlechter Spaß, wenn er so „nolens volens" die Falsche heraus gezerrt habe! Der Zug hielt, und der menschenfreundliche Herr, flog wie ein Pfeil am Zug entlang (es waren nur drei Minuten Aufenthalt) auf die zweite Wagenklasse zu und brachte, strahlend über das gelungene Attentat, etwas angeschleppt das nicht deutsch verstand und ziemlich verschüchtert dreinschaute, ob der plötzlichen und gewaltsamen Beförderung. Sie mochte wohl verwundert sein, über den deutschen Brauch auf gewissen Stationen alles was nicht deutsch verstand aus dem Zuge zu reißen. Ihr Gesicht verklärte sich aber, als die Pfarrfrau sie bewillkommnete, was freilich nicht einmal allzu herzlich ausfiel, da diese im stillen wünschte, die elegante Dame möchte sein, „wo der Pfeffer wächst!" Die sollte eine Hilfe, eine Stütze werden? Die war doch sicher express von England herüber gekommen um ihr zur Plage zu werden, und sie zu bedienen war eine Arbeitsvermehrung! Ja, aber es gab kein rückwärts, also vorwärts! Die lange Fahrt auf dem heugefüllten Sitzsack des Bauernwagens bei grundlosem Weg, mag dem jungen Mädchen auch nicht gerade eine Erholung gewesen sein, nach der weiten Reise. Die Pfarrfrau besaß nicht die Gabe sich leicht anzuschließen oder aus sich herauszugehen und diese feine Dame nicht viel jünger als sie selbst, war ihr fast ein Gegenstand des Schreckens! In den ersten vier bis sechs Wochen erwies sie sich allerdings nur als Arbeitsvermehrung, doch beschäftigte sie sich viel mit dem Kinde, die elfte der Schwestern zu Haus war grad solch „sweet Baby" gewesen und dadurch wurde wenigstens der August frei zu anderer Hilfe. Sie ahnte nicht, dass die Hausfrau alles allein machen musste, denn zu Haus in England war´s ganz anders gewesen. Sie hatten nach englischer Art in Saus und Braus gelebt und waren ihrer elf Schwestern und zwei Brüder.

Vormittags spielte man mit den kleinen Geschwistern und stopfte sogar seine Strümpfe selbst, das verlangte die Mutter, obwohl es sonst nicht Sitte war! Nachmittags aber ging man in die Stadt einkaufen. Nach des Vaters plötzlichen Tode aber, waren sie zu viele um so weiter leben zu können, da wurden einfach fünf der Mädchen nach Deutschland exportiert, bis zu Haus raum geworden war durch Verheiratung der Älteren. Eine reiche Judenfamilie nahm zwei kleine Mädchen von zehn und zwölf Jahren zur Gesellschaft für ihre Tochter und da die Kinder Heimweh bekamen ließ man die 17 jährige auch noch kommen. Kehrten sie nach Jahren Heim, so standen sie als „im Ausland erzogen" („foreign – bred" nannte man es) bedeutend höher im Kurse. So hatte sie eigentlich Arbeit anzubieten. Als aber das Missionsfest nahte und die Hausfrau durch die Vorbereitungen so in Anspruch genommen war, dass sie den ganzen Tag nicht zum Vorschein kam, ging sie diese suchen und betrat so zum ersten Mal Küche und Speisekammer. Von irgend einer hausfraulichen Arbeit hatte sie keinen Begriff, hatte sie nicht mal machen sehen, die Gerätschaften in der Küche kannte sie nur zum kleinsten Teil dem Namen nach. Doch kaum begriff sie, was es für Arbeit zu bewältigen gab, da warf sie sich ins „Geschirr" und war nun so anstellig, eifrig und geschickt, dass sie in denkbar kürzester Zeit die beste Stütze von der Welt wurde. Keine Arbeit war ihr zu grob oder zu schwer. Früh und spät war sie auf dem Posten, immer bemüht, die schwere

Arbeit auf sich zu nehmen und stets bescheiden zurücktretend, wenn es sich um ein Vergnügen handelte. Ja als später der berühmte Fuchs auf den Pfarrhof kam, zu dem kein Kutscher gehalten wurde, schirrte und putzte sie auch diesen gelegentlich. Sie stand selbst im Winter sonntags um fünf auf, um zu sehen ob der August seine Sache auch gut mache und der Fuchs rechtzeitig zum Ritt aufs Filial fertig sei und etwa dabei zu helfen. Zwei Jahre ist sie eine treue Hilfe und liebe Hausgenossin gewesen, bei den Pfarrersleuten im Knödellande. Dann ging sie zurück nach England „foreign bred", doch mögen ihre Bekannten in England sich einen anderen Begriff gemacht haben von ihrer deutschen Erziehung. Ihr selbst aber war so wohl gewesen im deutschen Pfarrhause und bei der regelmäßigen Arbeit, dass es ihr zu Hause nicht mehr behagen wollte. Sie bekam Heimweh und bat zurückkehren zu dürfen. Leider wurde nichts aus dem Plan, da sie sich kurz darauf verheiratete. Sie hat aber noch lange Jahre mit der Pfarrfrau in lebhaften Briefwechsel gestanden.

Unter den Pfarrherren des Knödellandes herrschte ein reger Sinn für die Heidenmission und fast in jedem Dorfe fand alljährlich ein Missionsfest statt. Waren diese Feste auch für die jeweilige Hausfrau mit viel Arbeit verbunden, so machte das nichts, waren die Feste doch lieblich und schön. War ein Missionar im Lande, so mühte man sich einen solchen für die Predigt zugewinnen, gelang das nicht, so übernahm ein anderer geistlicher oder ein Kirchenfürst die Predigt. Von Nah und fern strömten die Leute zusammen und in jedem Hause des Dorfes bereitete man sich vor, die Gäste zu empfangen. Auf den Fuhrwerken saßen soviel Menschen, als ein Pferd ziehen konnte und wer keine Fahrgelegenheit fand, lief meilenweit zu Fuß. Viele liebe Bekannte konnte man da wieder sehen und manch interessante Bekanntschaft machen. War der Gottesdienst zu Ende, für den das Kirchlein schön mit Girlanden aus Eichenlaub geschmückt wurde, die einen betäubenden Geruch verbreiteten, so ging es ans Begrüßen und Händeschütteln, Erzählen und sich freuen am Zusammensein mit lieben Menschen. Gegen Abend war noch eine Nachfeier im Walde oder in einem schattigen Grasgarten. Kunstlose Bänke und eine ebenso kunstlose aber mit Eichenlaub geschmückte Kanzel waren errichtet von der aus mehrere Pfarrer Berichte und kleine Geschichten aus dem Leben der Missionare und dem Fortgang der Mission unter den Heiden vortrugen. Als einmal der Missionar P. von seinem schwarzen Gemeinemitgliedern erzählte, drängte sich nachher eine alte Bäuerin an ihn heran, weil sie etwas auf dem Herzen hatte, „Wenn sie nun schon so lange mit ihrer Frau mit lauter Schwarzen zusammen leben, sind ihre Kinder nun auch schwarz?" „Liebe Frau" sagte der Missionar, der wusste, dass die alten Häuser des Knödellandes nur aus zwei Räumen bestanden – auf der einen Seite das einzige Zimmer, indem die ganze Familie, oft drei Generationen, wohnte, schlief, kochte und starb, (auch die Leiche blieb in dem Zimmer liegen, bis sie begraben wurde). Die andere Hälfte des Hauses aber war der Stall wo das Pferd, die Kuh, Ziegen oder Schafe gemeinschaftlich hausten – Also: „Liebe Frau, wenn sie mit ihrem Mann doch schon so lange neben dem Pferdestall wohnen, sind ihre Kinder denn kleine Pferde?" Da war's die Frau zufrieden. Die Feste brachten eine schöne Einnahme für die Mission und hielten das Interesse dafür allzeit rege. Eines Morgens wachte die Familie auf, mit geschwollenen ganz entstellten Gesichtern und Steifheit und Schmerzen in den Gliedern. Da man den Namen der Krankheit nicht wusste, fand man auch kein Mittel im „homöopathischen Hausarzt" und da es bei der Pfarrfrau so arg war, dass sie sich nicht erheben konnte, beschloss man, den Kreisphysicus aus der drei Meilen entfernten Stadt holen zu lassen. So rannte denn der Pfarrherr einen ganzen Tag herum, ehe er in der Erntezeit einen Boten fand, der in die Stadt gehen wollte. Am Abend hatte er einen aufgetrieben, der sich bereit erklärte, morgens gehen zu wollen. Am nächsten Tage ging er und brachte abends die Nachricht, dass der Arzt am nächsten Tage kommen würde. Inzwischen hatten aber die Pfarrersleute schon den Namen der seltsamen Krankheit heraus gebracht. Sie waren vierzehn Tage zuvor in Z. bei den lieben Verwandten gewesen und hatten dort Schlagwurst gegessen. Es konnten also nur Trichinen sein, die sie sich durch den Genuss der Wurst zugezogen hatten, denn nur die Erwachsenen, die mit dort gewesen waren, hatten die seltsamen Krankheitserscheinungen. Als nun am dritten Tag der Arzt kam, bestätigte er die Richtigkeit der Feststellung und verschrieb nur etwas gegen den damit verbundenen Husten. Er erzählte, dass in Z... viele Leute Trichinen hätte und der Fleischer und ein Apotheker daran gestorben seien, weil sie größere Mengen von der Wurst gegessen hatten. Die Pfarrfrau erholte sich indes bald wieder, nachdem sich die Trichinen eingekapselt hatten. Freilich, wenn sie unter die Menschenfresser geraten würde, so hätten diese, die Trichinen von ihr bekommen, wenn sie sie verspeist hätten. Sie hat aber ihr ganzes Leben lang eine Abneigung gegen rohes Fleisch behalten. Sonst wurden alle Krankheiten durch Mittel aus der Apotheke des Hauses geheilt und auch die Leute im Dorf gewöhnten sich daran, in Krankheitsfällen Rat und Hilfe im Pfarrhaus zu holen. Meist war es ja bei Kindern verdorbener Magen von frischem Kuchen und Brot, und die erste Frage war: „Wann habt ihr denn gebacken?" Da half denn eine Prise Natron oder bei Fieber Acconit. Die Leute aber hatten ein unbegrenztes Vertrauen zu den ärztlichen Kenntnissen des Pfarrherrn und zeigten sich auf freundliche Weise erkenntlich, wenn er ihnen geholfen hatte. So haben die Pfarrersleute gesund und glücklich acht Jahre in dem schönen Knödellande gelebt und ist ihnen die Erinnerung an diese Jahre immer wie ein Schein aus einem „verlorenen Paradise" gewesen – mag wohl eben daran gelegen haben, das man die Zinnen des

Paradieses von dem kleinen Dörflein aus leuchten sah, sie mögen ihren Schein zurück geworfen haben auf das Leben der Pfarrersleute. Hat wohl aber auch daran gelegen, dass die Beiden den Sinn dafür hatten, dieses Leuchten einzufangen! Der Pfarrfrau sonderlich ist es immer ein „verlorenes Paradies" gewesen, das Leben in der Pfarrersfamilie im Knödellande, musste sie doch schon zwei Jahre nach dem Abschied aus dieser geliebten Heimat ihren lieben Pfarrherrn hergeben. Er ließ sie mit drei kleinen Kindern in einer fremden, kalten, großen Stadt allein, weil er Ihr voran reiste in die *ewige Heimat*, in das *wahre Paradies*, danach er sich immer gesehnt hatte.

„*O wie liegt so weit*

was mein einst war!" (Rückert)

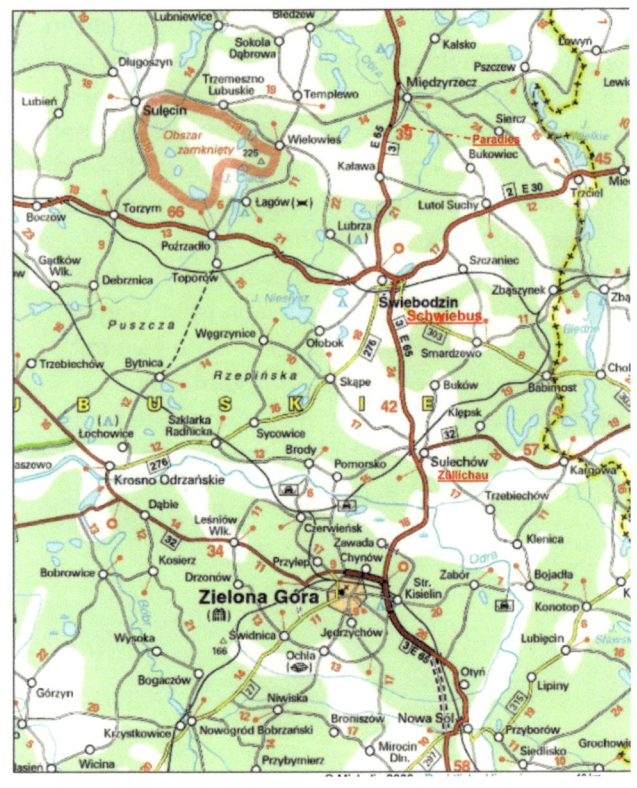

Das „Knödelland"

Das „Paradies" im „Knödelland"

Den Vorständen der durch gemeinsame Arbeit mit uns verbundenen Diakonissen-Anstalten in der evangelischen Kirche sowie der Diakonissen-Vereine in unserer Provinz machen wir die schmerzliche Mitteilung, dass es dem Herrn gefallen hat, den Hausgeistlichen unserer Anstalt

Herrn Pastor Franz Wolff

nach zehntägigem schweren Leiden am 24. April im Alter von 39 Jahren von uns zu nehmen.

Zwar hat er nur etwas über 2 Jahre in unserer Anstalt wirken können, aber die Lauterkeit seines Glaubenslebens, seine herzliche Demut und der Ernst der Heiligung, die er in seinem Wandel bewährt hat, sichern ihm ein bleibendes Andenken in unserer Mitte.

Im Verlaufe von wenigen Wochen hat der Herr noch vor dem Abscheiden des Seelsorgers zwei Schwestern unseres Hauses abgerufen. Wir sind tief gedemütigt durch die gewaltige Hand Gottes, und bitten unsere lieben Mitverbundenen, in dieser für uns so schweren Zeit unser fürbittend vor dem Thron der Gnade gedenken zu wollen.

Posen, den 25. April 1882.

**Das Komitee, die Oberin und die Schwestern
der evangelischen Diakonissen-Kranken-Anstalt.**

Aus der Heimat.

Die Posener Diakonissenanstalt hat einen schmerzlichen Verlust erlitten. Nachdem in den letzten Wochen kurz hintereinander zwei Schwestern heimgegangen waren, gefiel es dem HErrn, den Hausgeistlichen der Anstalt, Herrn Pastor Franz Wolff, nach zehntägigem schwerem Leiden, wenige Tage nach Vollendung seines 39. Lebensjahres abzurufen. Er hat nur etwas über zwei Jahre (seit Januar 1880) dem Werke seine treue Liebe widmen können. Das typhöse Fieber, welches seine Kräfte schnell verzehrte, wird er sich wohl in Ausübung seines Amtes zugezogen haben. Er war eine durchaus lautere Persönlichkeit voll ungeheuchelter Demut. Seines Glaubens war er gewiß und unter die Zucht des Geistes stellte er sich gern, dabei war sein ganzes Wesen von Liebe, Milde und Zartheit getragen. In seinen letzten Leidenstagen hat er nicht viel sprechen können, wie dies die Natur der Krankheit mit sich brachte, was er aber seiner Frau, den ihn besuchenden Amtsbrüdern und den Schwestern der Anstalt gesagt hat, zeugte davon, daß er Frieden im Herzen hatte, mit Freudigkeit dem Tode entgegenging, den Blick auf die ewige Heimat gewandt hatte und alle Sorgen um die Seinen auf den HErrn werfen konnte. Als Schreiber dieses ihn zum letzten mal sah, hatte er das Auge unverwandt auf das Bild des Heilandes, welches über seinem Bette hing, gerichtet. Nur langsam löste sich der Blick von den heiligen Zügen, wenn er auf seine Umgebung aufmerksam gemacht wurde, und kehrte gern zurück zu dem Bilde dessen, der in ihm Gestalt gewonnen hatte. — Am Mittwoch, den 26. April, ist sein müder Leib auf dem Kirchhofe von St. Pauli ins letzte Ruhekämmerlein gelegt worden. Herr Generalsuperintendent Dr. th. Geß hielt die Leichenrede über Jes. 45, 15 u. Joh. 14, 27, und Pastor Schlecht betete und segnete den Leib dieses treu erfundenen Knechtes Gottes zur Auferstehung. Sein Gedächtnis bleibt unter uns im Segen!

Familien-Anzeigen.
Statt besonderer Meldung.

Heute hat der Herr meinen heißgeliebten Mann, den Pastor am hiesigen Diakonissenhause, Franz Theodor Wolff, heimgerufen. Er starb nach kurzem schwerem Leiden am Flecktyphus im Alter von 39 Jahren und 14 Tagen. [779]

Im tiefsten Schmerz teile ich diese Nachricht seinen Freunden und Bekannten hierdurch mit.

Posen, den 24. April 1882.

Agnes Wolff,
geb. Marcel.

Es hat dem Herrn gefallen, den Geistlichen unserer Diakonissen-Anstalt (2680)

Herrn Pastor Franz Wolff

nach kurzem Krankenlager zu sich zu rufen. In seiner zweijährigen Wirksamkeit unter uns hat er sich durch seine mit Liebe und Milde gepaarte Ueberzeugungstreue, sowie durch den Ernst seines Strebens, die Achtung und Dankbarkeit seiner Mitarbeiter und Pflegebefohlenen erworben. Sein Gedächtniß wird in den Herzen derer, die ihm nahe getreten sind, nicht erlöschen.

Posen, den 24. April 1882.

Das Comitee und die Schwesternschaft
der evangelischen Diakonissen-Krankenanstalt.

Herstellung und Verlag:
Books on Demand GmbH, Norderstedt
ISBN 978-3-8391-5191-4